こん
許嫁
、
他の子が
好きなの？
KONNA KAWAII
IINAZUKE GA IRU NONI,
HOKA NO
[著]ーミサキナギ
NAGI MISAKI PRESENTS
[イラスト]ー黒兎ゆう

KONNA KAWAII IINAZUKE GA IRU NONI, HOKA NO KO GA SUKI NANO?

作戦：コータが他に婚約者を作る
「政略結婚を阻止する方法……あるわよ」

「まず、コータの好きな人を作るところからね♪」

誰か紹介してあげようか？

「待て待て。必要ない」
「俺は今のカノジョにプロポーズする！」
「……はああっ!? カノジョ――!?」

「例えば、キスとか――」
クリスティーナ・ウエストウッド
Christina Westwood
幸太の許嫁。「千年に一度のモデル」として活動中。カジノ王・タイレルと日本人の母の間に生まれる。父親譲りの分析眼の持ち主で、他人の表情や仕草に敏感。それ故に、自身の思いを素直に表現できないことも……。

「一緒に帰らないのですか。……………こう、たくん」
東城 氷雨
[とうじょう ひさめ]
Hisame Tojo
常盤《ときわ》中央高校の高嶺の花。寡黙でクールな彼女の前に、散った男は数知れず。だが、何故か幸太の告白にOKし現在交際中。

「コータっ」

私の作戦は完璧だ。

想定外のことは起こらない。

でも、もし想定外が起こるのだとしたら――

それを起こすのは私の心だ。

「ダブルベッドだから、
コータも一緒に
寝られるわね」
知ってる。
こんなこと言ったら
きっと、彼は怒る。
YES

KONNA KAWAII IINAZUKE GA IRU NONI, HOKA NO KO GA SUKI NANO?

CONTENTS

こんな可愛い許嫁がいるのに、他の子が好きなの？

KONNA KAWAII
IINAZUKE GA IRU NONI,
HOKA NO
KO GA SUKI NANO?

［著］―ミサキナギ
NAGI MISAKI PRESENTS
［イラスト］―黒兎ゆう

一章 婚約解消同盟

KONNA KAWAII IINAZUKE GA IRU NONI, HOKA NO KO GA SUKI NANO?

好きな人がいるだけで、どうして世界は輝いて見えるのだろうか――？

そんな浮ついたことを考え、幸太《こうた》は放課後の校舎を全力ダッシュしていた。

「うおおおお、間に合ってくれえぇぇ――――！」

猪突猛進《ちょとつもうしん》。鬼気迫る形相《ぎょうそう》の幸太《こうた》に、他の生徒は「なんだ、あいつ」という顔になり、一瞬後には自分たちの日常に戻っていく。

高校一年生、九月も半ば。

他の同級生はようやく夏休み気分が抜け、高校生活を満喫している頃だ。

だが、幸太《こうた》が握り締めているのはスーパーの特売チラシ。ペラペラの紙には『夕方のタイムセール！　卵パック十円!!　※数に限りがあります』の文字が躍っている。

（次の電車に乗ればタイムセールで卵ゲットだ！　それから喫茶店のバイトに行って、バイト終わりに内職のポケットティッシュを受け取って……）

算段を立て、幸太《こうた》はよし、とガッツポーズを決める。

――このままいけば今月末こそカノジョとデートできる。

それが幸太《こうた》にとって最重要かつ最優先の命題だった。

好きな子に告白し、人生初のカノジョができたのが約二か月前。けれど、幸太《こうた》たちはまだ一度もデートしたことがない。理由は幸太《こうた》におカネがないから。幸太《こうた》の家は貧乏ラーメン屋で、お小遣いどころか食費もままならないのだ。

せっかくカノジョができたんだから、映画館や遊園地に行きたい！

二人で外食もしたいし、ゲーセンやカラオケでカップルらしく遊んでみたい！

カノジョとごく一般的なデートをするため、幸太《こうた》は日々、倹約とバイトの鬼と化していた。昇降口までのタイムは上々。目にも留まらぬ速さで靴を履き替え、校門まで一直線となったとき。

キキーッと。

校門を塞ぐように黒塗りのリムジンが停《と》まった。

「邪魔だ――ッ！　道を開けろ――ッ！」

タイムセールがかかっている幸太《こうた》は止まらない。黒スーツの男性がリムジンのドアを恭《うやうや》しく開けた。

高級車から降り立ったのは、いかにもなお嬢様だった。

汚れやすい純白のワンピースを着ているのは、衣服が潤沢にあるセレブの証《あかし》だ。歩きにくいヒールの高い靴を履いているのは、車で移動しているセレブの証《あかし》だ。

蜂蜜色をした長い髪が秋風になびく。サラサラなのはきっとお高いヘアオイルを付けているんだろう。涼しげな目元に、すっと通った鼻筋。遠くからでもわかる可愛《かわい》らしい顔立ちからは高貴さが滲《にじ》み出《で》ている。

歴然とした経済格差を感じさせる少女を前に——それでも幸太《こうた》は足を止めなかった。

「おい、おまえ！　車がっ、邪魔っ！」

一直線に駆けてくる幸太《こうた》を目にして少女は、

「なっ……⁉」

あからさまに驚いた表情をした。

ん？　と幸太《こうた》は思う。

まるで思いがけない知人に会ったみたいな反応だ。しかし、幸太《こうた》は彼女を知らない。どこかで彼女の顔を見た気はするのだが——。

凝視していると、少女の頰が染まった。ぷい、と彼女は横を向く。

「……へえ、走ってわたしを出迎えに来てくれたわけね。まあ、当然かしら」

彼女の呟《つぶや》きは幸太《こうた》の耳には入らなかった。

校門前で幸太《こうた》は仕方なく立ち止まる。膝に手を当て、ぜえはあと肩で息をしていると、少女の細い脚が見えた。

「あら？　その勢いでハグしてくるのかと思ったのに。遠慮しなくていいのよ、婚約者のコータにはそうする権利があるのだから」

よく通るソプラノ。何やら聞き慣れない単語を耳にしたが、きっと酸素不足で聞き間違えたんだろう。

「……何を……なんで、俺の名前を知って……？」

「婚約者の名前を知らないはずないでしょう。まったく、いつまで息を整えてるわけ？　出迎えの挨拶くらいしなさいよ」

「聞き間違えじゃねえわ。婚約者って何のことだよ⁉」

ばっと幸太《こうた》は顔を上げる。

少女とばっちり目が合った。顎を上げているせいか、見下されている感がすごい。

「……本気で言ってるの？　何か行き違いがあったのかしら」

芝居がかった仕草で彼女はツインテールを払う。

「わたしはクリスティーナ・ウエストウッド。十年前から決まっていたコータの許嫁《いいなずけ》よ」

傲慢に、不遜に。微笑を浮かべた少女はそう宣《のたま》った。

平凡な男子高生の前に自称許嫁《いいなずけ》の美少女がいきなり現れたとして、誰がそれを信じられるだろうか？

「人違いです」

瞬時に幸太《こうた》は切り捨てた。頭の中で時刻表を開く。

（めんどくさいのに捕まったな。次の電車で間に合うか……？）

苛立《いらだ》つ幸太《こうた》に、クリスティーナは目を剝《む》く。

「なっ、今、めんどくさいとか思ったわね！　表情で丸わかりよ！」

「時間がないときに人違いされたら面倒だって思うだろうが」

「人違いじゃないわ。わたしの婚約者はコータ・ゴウザンジ、十五歳。この常盤《ときわ》中央高校に通っているって情報よ」

（なんだ、これは……新手《あらて》の詐欺か……？）

「詐欺じゃないわよ！　本っ当に失礼だわ！」

またしても幸太《こうた》の思考を的確に読み、彼女はツインテールを揺らして憤慨する。どうやらこの子は妙に鋭いようだ。

「あーもう、婚約者なんだからつべこべ言わず、わたしを学校の正面玄関までエスコートしなさいよ。わたしと並んで歩ける栄誉に打ち震えるがいいわ」

「待て、おまえが俺の……婚約者？　俺は信じないぞ！　由緒《ゆいしょ》ある名家ならまだしも、うちは貧乏ラーメン屋だ。婚約者なんかいてたまるか！」

「はあ。なら、コータのパパに訊《き》いてみればいいじゃない。それで真実がわかるはずよ」

クリスティーナはずい、とスマホを幸太《こうた》の鼻先に突きつける。

貧乏だが、幸太《こうた》とて現代人。他人に借りるまでもなく自分のスマホくらい持っている。

「そうだな、親父《おやじ》に確認しよう。おまえの嘘《うそ》がわかったら、即刻この車をどかしてもらうからな！」

「はいはい、いいわよ。嘘《うそ》だったらね」

クリスティーナは呆《あき》れた様子でヒラヒラと手を振っている。

タイムセールは戦場だ。開始と同時に売り場に辿《たど》り着《つ》けた者のみが勝利を手にする。セレブ女の与太話に付き合っている暇はないのだ。

早々に車をどかしてもらうため、幸太《こうた》は父親の徹志《てつじ》に電話をかけた。

が。

『おっ、クリスちゃんから話聞いたか？　俺も今日まですっかり忘れていたが、そういうわけで、おまえとクリスちゃんは婚約していたんだ』

「は⁉」

幸太《こうた》は父子家庭である。男手一つで育ててくれた父親に幸太《こうた》は感謝も尊敬もしている。

だが今、幸太《こうた》は徹志《てつじ》を怒鳴りつけたくてたまらなかった。ひく、と頬を引《ひ》き攣《つ》らせ、問う。

「親父《おやじ》……何が『そういうわけ』なんだ？　俺は何も聞いてないぜ」

『あれは十年前だった。うちの店を訪れたラスベガスのカジノ王タイレル・ウエストウッドが俺のラーメンを食べて感動した。是非一緒に海外出店をと誘われたが、俺は家族以外に秘伝のレシピを教えられるかと断った。そしたらタイレルは、子供同士が結婚すれば家族になると言い――』

「だああっ、んな昔話はいらねえよ！　どうして俺の婚約者が俺の知らないところで決まってるんだって訊《き》いてるんだよ！」

喚《わめ》く幸太《こうた》の周囲で、「キャー、クリスちゃんだ！」と黄色い声がした。

はっと辺りを見ると、男女問わず生徒たちがこっちを遠巻きにしている。スマホを構える生徒もいて、幸太《こうた》は改めてクリスティーナを見た。

少女は照れくさそうに、それでも愛想《あいそ》よく手を振っている。さっきまでの高慢な態度はどこへやら。とんだ猫かぶりだ。彼女が反応する度に生徒たちが、わあっと盛り上がった。

(思い出した！　こいつ、テレビのバラエティ番組で見たことあるぞ。大富豪の娘でモデルもやってる超セレブだ！)

なおさら、なんで彼女と自分が婚約しているのかわからなくなった。幸太《こうた》は父親の返答を待つ。

『――すまん、幸太《こうた》』

普段、絶対に自分の非を認めない頑固親父《おやじ》の口から謝罪を聞き、幸太《こうた》の胸が詰まる。

『うちの店が儲《もう》からないばかりに、息子のおまえにはこれまで苦労をさせたな。親として情けなく思っている』

「やめろよ、親父《おやじ》。俺は親父《おやじ》の店の事情を理解して――」

『だが、これからはもう心配ない。おまえがクリスちゃんと結婚すれば、カジノ王が俺の店に投資してくれるんだ！』

電話口の徹志《てつじ》の声は希望に弾んでいた。

まるでたった一つの正解を見つけたように徹志《てつじ》は語る。

『俺はその資金で海外出店する。貧乏暮らしは終わりだ。おまえも毎日、スーパーのタイムセールに駆け込んだり、バイトに明け暮れたりしなくていいんだ。おまえ、部活に入りたがってなかったか？　今日の夕飯は好きなもん買ってこい。肉だ、肉！』

「……なあ、親父《おやじ》」

幸太《こうた》は眩暈《めまい》がしていた。

海外出店、貧乏からの脱却、高校生らしい生活。それらを得るために何を犠牲にするのか、本当にわかって言っているのか。

クリスティーナを見れば、彼女は「ほら、わたしの言った通りでしょ」とでも言いたげなドヤ顔だ。

『幸太《こうた》、クリスちゃんには会ったんだろ。可愛《かわい》い子でよかったじゃないか。おまえもクリスちゃんが婚約者なら文句ないだろ』

その台詞《せりふ》で限界だった。ぷつん、と幸太《こうた》の中で何かが切れた。

「いいか、よく聞け」

スマホをきつく握り締め、幸太《こうた》は低い声を出す。

オレンジ色が滲《にじ》み始めた空を仰ぎ、幸太《こうた》はすっと息を吸った。

電話の先にいる浮かれきった徹志《てつじ》。何故《なぜ》かドヤ顔で見てくる許嫁《いいなずけ》のクリスティーナ。その両方に宣言する。

「――この婚約はナシだッ！　はい、終了ッ！」

『幸太《こうた》！』「コータ⁉」と二人の叫びが重なった。

『おい、一体何が不満なんだ⁉　逆玉《ぎゃくたま》の輿《こし》だぞ。おまえが結婚すれば、うちの家計は全部解決するんだぞ⁉』

「嘘《うそ》でしょ、コータ……どうしてわたしが婚約解消されないといけないの⁉」

「何が？　どうして？　考えりゃバカでもわかるだろうが。俺は好きな人としか結婚しない。親の決めた婚約者なんて知ったことか！」

幸太《こうた》だって理解している。この婚約はとんでもなく好条件だ。親父《おやじ》の店にとっては千載一遇のチャンスで、幸太《こうた》の生活は間違いなく楽になる。しかも相手は芸能人の可愛《かわい》い女子だ。彼女と婚約したい奴《やつ》はいくらでもいるんだろう。

ただ一つ、犠牲になるのは幸太《こうた》の気持ち。

好きな人と結ばれたい――それ以上に大事なことがあるだろうか。

現に今、幸太《こうた》には付き合っているカノジョがいるのだ。結婚を考えたことはなかったが、付き合っているんだから結婚は一つのゴールだろう。

いくらカネを積まれようとも、カノジョを差し置いて好きでもない女子と婚約できるはずがなかった。

「俺は絶対、クリスティーナとは結婚しない！　二度とこんなふざけた話持ってくんじゃねぇぞ！」

『幸《こう》──』

徹志《てつじ》の呼びかけを遮り、幸太《こうた》は通話終了をタップした。電話がかかってこないようスマホの電源を落とす。

幸太《こうた》はクリスティーナに血走った目を向けた。

「さあ、これで俺とおまえは婚約者ではなくなった。車をどかしてもらおうか」

少女はぽかんと呆気《あっけ》に取《と》られていた。何が起きたのか理解できていない顔だ。やがて彼女はぶるぶると両の拳を震わせ始める。

「……み、認められないわ。わたしを誰だと思ってるのよ……！」

ぎり、と少女が歯噛《はが》みした。頬が紅潮しているのは怒りからか屈辱からか。彼女は大きな瞳を燃やし、幸太《こうた》を睨《にら》みつける。

「わたしは世界のクリスティーナ・ウエストウッドよ！　わたしとの婚約を一方的に破棄する

なんて、あなたに許されると思って――」

「ああ、そうかよ。なら、強行突破だ」

プライドの高い超セレブ女なんて相手にしてられるか。ちっと小さく舌打ちをして幸太《こうた》は助走距離を取った。目標を定めて駆ける。

「なっ、無茶だわ！　車を跳び越えるなんて無理よ！」

クリスティーナが慌てるが、幸太《こうた》の狙いは傷付けたら高額な賠償金を請求されそうな車ではなかった。

地面を強く蹴り、幸太《こうた》は学校を囲む柵に飛びつく。校門から出られないなら、横の柵を乗り越えるまでだ。

幸太《こうた》は苦心して柵をよじ登り、外の植え込みに転がり落ちる。

「ああああ待ってろタイムセール――――ッ!!」

「はああ!?　待ちなさいよ、コータ――！」

少女の叫びを背に幸太《こうた》は走った。彼の頭はもう、十円の卵パックでいっぱいなのだった。

結局、幸太《こうた》はタイムセールの卵パックを入手できなかった。

「はあ、やはり校門で足止めを食らったのが敗因だったな……」

薄暗い夜道を幸太《こうた》はトボトボと歩く。片手にはスーパーの買い物袋、もう片方では内職のポケットティッシュが入ったダンボール箱を担《かつ》いでいる。

（帰ったら夕飯作らないとな……今日のメインはモヤシだな。飯食ったら内職もあるし、宿題もあるし……）

一日、学校にバイトにと精を出した幸太《こうた》は疲労困憊《ひろうこんぱい》。

だが、これもカノジョとデートするためだ。

毎日がバイト漬けでも晩飯がモヤシでも、カノジョのことを考えたら頑張れてしまう。恋の力は偉大だ。

幸太《こうた》の自宅は二階建てのボロアパートの一室だ。錆《さび》だらけの階段を上り、鍵を挿し込む。

「ただいま――っ!?」

玄関に入り、幸太《こうた》は硬直した。

幸太《こうた》の家は縦長の１ＤＫで、玄関、キッチン、和室と続いている。一番奥の和室に、いるはずのない人物がいた。

固まった幸太《こうた》の腕からダンボール箱が滑り落ち、ドサッと音を立てる。

「あっ、おかえり、コータ」

金髪の少女が畳で寝そべり、テレビを観《み》ていた。彼女の周囲には空になったポテトチップスの袋が散乱している。まるで我が家にいるみたいなくつろぎようだ。驚く幸太《こうた》を見て、少女はふふんと得意げに笑う。

クリスティーナ・ウエストウッドが幸太《こうた》の家に降臨していた。

「な、なんで……？　なんで超セレブ女がうちにいるんだあああ⁉」

青天《せいてん》の霹靂《へきれき》。二度と会うことはないと思っていた少女を目にして、幸太《こうた》は叫ぶ。

クリスティーナはポテチを摘まみ、不思議そうな顔をした。

「なんで？　許嫁《いいなずけ》だからだけど？」

「それは断ったはずだ！　一体どうなってるんだよ、あのクソ親父《おやじ》……！」

彼女が家にいるのは徹志《てつじ》が入れたからに違いない。

幸太《こうた》はずっとオフにしていたスマホの電源を入れる。いつもなら帰宅しているはずの徹志《てつじ》に電話をかけるが、

「コータのパパには繋《つな》がらないと思うわ。今頃、飛行機の中だから」

パリパリとクリスティーナはポテチを食べながら言った。確かにスマホからは『電波の悪い場所にいるか電源が切れているため、かかりません』という定型文が聞こえる。

「飛行機……？」

「海外出店の準備をするためアメリカに行ったのよ」

「それからコータのパパがいない間、わたしはこの家でコータと暮らすことになったから」

よろしく、と言ってクリスティーナは指を舐《な》めている。

「アメリカだって⁉」

絶句した。

開いた口が塞がらない幸太《こうた》に、クリスティーナは頬を膨らませる。

「ねえ、そこは涙を流して喜ぶとこじゃないの？　千年に一度のハーフモデルと言われているわたしと同棲《どうせい》できるのよ。こんなラッキー、コータの人生で初めてじゃない？」

（ラッキーなわけあるか！　とんだ災難だ！）

「災難ですって⁉　本気で言ってるの⁉」

「言ってねえよ！」

幸太《こうた》は胸を押さえて後退《あとずさ》った。

（なんだこいつ……俺の思考を読んでる……？）

あまりに鋭すぎる。思い返せば、校門でも同じようなことがあった。警戒する幸太《こうた》に、クリスは鼻を鳴らす。

「カジノ王の娘をナメてもらっちゃ困るわね。ポーカーで相手の手札を読むように、コータの心の声くらい顔を見ればわかるわ」

マジかよ……と思った。

「俺の考えがわかるなら話が早い。おまえがうちに泊まるなら、俺は家を出る！　明日には出てってくれよ」

親が海外へ行って、許嫁《いいなずけ》の女子（しかもかなり可愛《かわい》い！）と二人暮らし。健全な男子高生なら夢のようなシチュエーションだ。

が、幸太《こうた》にはカノジョがいる。とても喜べる状況ではない。

言い捨てて自宅から逃走しようとした幸太《こうた》だったが、

「はあー、ここで逃げたって無駄ってわからないのかしら」

投げやりなクリスティーナの言葉に足を止めた。

「無駄、だと……？」

「わたしとコータの婚約は決定事項なのよ。今逃げたところでコータのパパが戻ってきたら、連れ戻されるだけだわ」

「……なんでだよ。俺は親父《おやじ》にもおまえにも言ったはずだ。この婚約はナシだ、と」

「あなたの一言で、十年前から決まっていた婚約が覆《くつがえ》ると思って？　わたしたちの婚約には二人の父親のビジネスが絡《から》んでいるのよ」

「大人の事情だと言うのか。俺たちのことなのに！」

「事実、コータのパパは、コータが突然のことに動転してあんなことを口走ったと思っているわ。時間が経《た》てば、コータも冷静になって婚約を受け入れてくれるはずだとね」

「俺は動転したわけでも血迷ったわけでもない！　好きな人以外と結婚したくないのは絶対的な真理だ。俺の意見は変わらないぞ！」

「好きな人以外と結婚したくない、ねえ……」

思わせぶりにクリスティーナは反芻《はんすう》した。

「──コータはわたしのこと、本当に好きじゃないのかしら？」

は？　という言葉は声にならなかった。

クリスティーナが幸太《こうた》の真正面に立つ。爪先が触れ合う距離だ。露出の多い部屋着のせいで、透き通るように白い肌が嫌でも目に付いてしまう。

グロスで艶《つや》やかな唇を寄せ、彼女は誘うように囁《ささや》く。

「知らないみたいだから教えてあげる。うちのパパ、毎年、世界長者番付に載ってるの。去年の総資産額は八兆五千億円。世界中でカジノを経営していて、別荘も十軒以上持ってるわ」

「──」

「わたしは今、モデル業をやってて、SNSでのフォロワー数は五千万人。毎月どこかの雑誌では表紙を飾っていて、千年に一度のハーフモデルってマスコミには言われているわ。これはコータも知っていたかしら？」

「──」

黙する幸太《こうた》に、クリスティーナはふっと笑った。完全に勝利を確信した笑みだ。

「ここまで聞いたらコータの気持ちも変わったでしょう？　あなたはきっと世界で最も幸運な人よ。このわたしと結婚できるんだから」

「……変わるわけないだろ」

「え――？」

「おまえ、今のセレブ自慢で自己アピールしたつもりか？　それで俺が婚約したくなると思ったら大間違いだ！」

「ええっ⁉」

「金持ちで可愛《かわい》ければ、世の中の男が全員惚《ほ》れてくれると思ってんのか？　おまえナメすぎじゃないか？」

っ、とクリスティーナが息を呑《の》む。

その隙に幸太《こうた》は彼女から距離を取った。シンクを背に少女と対峙《たいじ》する。

「なあ、どうしてもわからないことがあるんだが、訊《き》いていいか」

「……何よ」

「おまえは俺と婚約していいのか？」

「意味がわからないわ。わたし側に何か婚約できない要因があるとでも？」

「ちげーよ！　俺もおまえも立場は同じだろ。父親が勝手に決めた婚約に巻き込まれた被害者だ。なのに、おまえは婚約に反対していない。何故《なぜ》だ？」

そう、どういうわけかこの婚約に異を唱えたのは幸太《こうた》だけなのだ。スペック的には幸太《こうた》のほうが段違いに劣っているのに。

「おまえが超セレブですごいのはよーくわかった。だったら婚約者も、それに見合ったセレブのイケメンがいいんじゃないのか？」

「わたし、実家が太いから相手の経済状況なんて気にしないわよ」

「それはそうかもしれないけどなあ……！」

「イケメンを相手にするのだってメリットばかりじゃないわ。モテる男は浮気《うわき》するって言うし」

「それもそうかもしれないけど……！」

「わたしは十年前からコータが婚約者と聞かされてきたわ。そのために日本語の英才教育まで受けたのよ。パパが優秀な家庭教師を揃《そろ》えてくれたわ」

「父親の言いなりかよ！　おまえ、それで納得してんのか⁉」

「ええ、パパのカジノに美味《おい》しいラーメン店を誘致するためだもの。わたしも楽しみにしているわ」

「うちのラーメンをご贔屓《ひいき》にどうも。だが、そのためにおまえは好きでもない男と結婚させられるんだぞ⁉　ラーメン店の誘致と結婚。どっちがおまえの人生で大事なんだよ⁉」

「質問がナンセンスだわ。その二つは両立するか、両方とも破綻するかなんだもの」

「なんでそこで結婚って答えられねえんだよ！　おかしいだろうが！」

あまりにビジネスライクすぎる。父親の事業のために、自分の結婚をこうもすっぱり割り切れるだろうか？

「ああどうしても納得がいかねえ！　なんで父親に婚約者を決められて大人しく従ってるんだ？　結婚するのはおまえなんだぞ？　おまえだって好きな奴《やつ》と結婚したいだろ⁉　おまえの意思はないのか⁉　おまえは――」

「しつこいわね。いい加減にしてよっ」

苛立《いらだ》った声が幸太《こうた》を遮《さえぎ》る。

「――別に、誰と結ばれたって同じじゃない」

その台詞《せりふ》は幸太《こうた》の胸を思いがけない角度から突いた。

クリスティーナは豪山寺《ごうざんじ》家の古びた壁を睨《にら》んでいた。玄関のお粗末な電球が彼女の姿を浮かび上がらせる。

「これまで何人も……いいえ、何十人もわたしに求婚してきたわ。イケメン俳優に青年実業家、国会議員の息子、パイロット、医学生まで。男はみんな、わたしに甘い言葉を囁《ささや》き、紳士的に接してくれた。どうしてだかわかる？」

幸太《こうた》の返答を待たず、クリスティーナは続ける。

「わたしがカジノ王の娘だからよ」

それは自慢ではなく、自嘲だった。

「わたしと結婚すればパパの財産が転がり込んでくる。それはさぞかし魅力的なんでしょうね。彼らはわたしに愛を囁《ささや》くせに、わたしがどんな性格で、どんなことが好きで、どんなことを普段考えているかなんて、どうでもいいのよ。本当にどうでもいい……」

クリスティーナの握った両の拳が震えていた。宝石みたいな瞳に激情を灯《とも》し、彼女は吐き捨てる。

「婚約者なんて誰でもいいわよっ。どうせパパの財産しか見ない男ばかりなんだもの。みんな同じなのに、誰を選んだってわたしの未来は何も変わらないのに、わたしが選ぶ必要ある？」

「おまえさ、恋したことないだろ」

はあ⁉　とクリスティーナは刺々《とげとげ》しい声を出した。

「いきなり何を言い出すの？」

「だって、今までそんなロクでもない男しか知らなかったんだろ？　好きな人とかいなかったんじゃないか？」

「……そうよ。だから何？　言ったでしょ。男はみんなパパの財産が目当てだって。わたしが好きになるなんて絶対にありえないわ！」

「おまえの言葉は一つ、致命的に間違っている」

クリスティーナが幸太《こうた》を睨《にら》む。

鋭く強い視線を幸太《こうた》は平静に受け止めた。

「男はみんな、おまえの父親の財産しか見ないって？　それは嘘《うそ》だ。俺はさっき言ったよな。セレブ自慢で俺が婚約したくなると思ったら大間違いだ、と」

「っ！　お、おかしいわ……そんなはずないのに。コータくらいよ、わたしが世界のクリスティーナ・ウエストウッドと知って婚約を拒否するバカは！」

「バカなのは俺か、それとも、これまでおまえに近寄ってきた男どもなのか。ともかく、世の中の男が全員、おまえが言うようなロクでなしという説は否定されたわけだ」

はっとクリスティーナが目を見開く。

「その上で俺はおまえに問いたいっ！　まだ婚約者は誰でもいいと言えるのか⁉」

バン、と幸太《こうた》はシンクを叩《たた》いた。

「今はまだ好きな人がいないだろう。だけど、財産に関係なく、おまえを見てくれる男は絶対にいる。俺がその証拠だ。これから先、おまえが恋をしない保証がどこにある？」

「それは――」

「恋愛を諦めるには早すぎるだろ。いつかおまえは、おまえ自身をちゃんと見てくれる男と恋をする」

きっとこれまでクリスティーナは恵まれているが故に、運が悪かったのだ。打算しか考えない男たちが彼女に集まってしまった。

けれど、世の中はそんな男ばかりじゃない。

「おまえが恋をしたとき、流されて決めた婚約者がいたら必ず後悔するぞ。おまえが後悔するとわかってて俺は婚約なんかしない。そんな婚約、お互い不幸になるだけだ。俺はおまえにも幸せになってほしい」

それは紛れもなく幸太《こうた》の本心だった。

相手が超セレブ女でも、幸太《こうた》が願うものは変わらない。

「おまえも父親に怒れよ。おまえの人生だろ。好きな人とじゃなきゃ結婚したくないって言っていいんだ！　おまえの親父《おやじ》って怖いのか？　一人で反抗できないなら俺に親父《おやじ》の電話番号教えろ。相手が大富豪だとか知ったことか。ラーメン店の誘致なんかで子供の婚約者を決めんじゃねえって俺からも抗議してやる！」

熱く力説する幸太《こうた》をクリスティーナは呆然《ぼうぜん》と見つめていた。

反論の言葉はない。納得してくれたものと思い、幸太《こうた》は纏《まと》める。

「おまえの相手はおまえの意思で決めろ。俺もそうする。俺たちの婚約はひとまず、俺たちの中ではナシ。それでいいな――？」

少女の瞳が揺れた。

重力に引かれるみたいにクリスティーナは深く頷《うなず》く。

床に水滴が落ちた。それは真夏日のにわか雨のように唐突で、春先に生まれた雪解け水のように澄んでいた。

堰《せき》を切って嗚咽《おえつ》を上げ始めた彼女に、幸太《こうた》は少なからず戸惑う。女子を泣かせたのは初めてだったからだ。

（こいつも、見知らぬ男と婚約するのは無意識に不安だったんだろうな……）

幸太《こうた》は息をついてシンクにもたれた。クリスティーナと意思疎通は図れたが、問題はまだ何も解決していないのだった。

＊＊＊

「これより作戦会議を始める！」

幸太《こうた》はダイニングテーブルでそう宣言した。

向かいに座る金髪少女はもう泣き止《や》んでいる。幸太《こうた》が淹《い》れた温かいお茶を飲んで落ち着いたようだ。

クリスティーナがこくんと頷《うなず》いたのを認め、幸太《こうた》は続ける。

「俺たちは親父《おやじ》同士が決めた婚約を解消したい。どうやって親父《おやじ》たちに婚約解消を認めさせるか、案を募りたいと思う」

「はい」と即座にクリスティーナが挙手する。

打って変わって殊勝な態度だ。幸太《こうた》も真面目くさって言う。

「ウエストウッドさん、どうぞ」

「この婚約には二人のパパの打算と野望が絡《から》んでいるわ。パパたちにただ『婚約解消したい』と訴えても無駄なのは今日、コータが身をもって証明した通りよ」

幸太《こうた》は思わず深いため息を洩《も》らした。

徹志《てつじ》は幸太《こうた》の婚約しない宣言をまともに受け取らなかった。海外出店にすっかり浮かれている父親をどう説得したらよいか、彼には策が思い浮かばない。

それ故の作戦会議だった。

「おまえの父親に訴えてもダメか？　俺と会ったが、気に入らなかったとか言って」

「コータ、この婚約はビジネスの一環なのよ。政略結婚って知ってる？　わたしたちの感情論だけで事態は動かないのよ」

「政略結婚！　俺の人生に最も関係ないワードだと思ってたわ……」

大多数の人が政略結婚とは無縁の人生だろう。

クリスティーナは湯呑《ゆの》みをいじりつつ、

「政略結婚を阻止する方法……あるわよ」

がばっと幸太《こうた》は顔を上げる。

「コータが別の人と婚約すればいいのよ」

「は⁉」

意味がわからない。素っ頓狂な声を出す幸太《こうた》に、クリスティーナは名案でしょ？　と微笑《ほほえ》んだ。

「コータには他に婚約者がいたことにするの。今日までコータはわたしという婚約者がいるのを知らなかったんだし、誰かと婚約していてもおかしくないでしょ」

「待ってくれ。俺に婚約者はいないって」

「いないなら作るまでよ！」

自信満々にクリスティーナは捲《まく》し立《た》てる。

「シナリオはこうよ。コータには以前から婚約してる人がいたの。いきなりわたしとの婚約話を持ってこられても困る、とその婚約者と一緒に抗議するのよ。それでパパたちが納得すればOK。納得しなかったら、コータが十八歳になると同時に駆け落ちでも何でもしちゃえばいいのよ。話し合って無駄なら実力行使あるのみ」

「駆け落ちって……俺の経済力にめちゃくちゃ不安があるんだが……」

「コータ、あなたのバックには誰がついていると思ってるの？」

クリスティーナがじっとこっちを見てくる。

モデルをやっているだけあって、引き込まれそうな瞳だ。睫毛《まつげ》が長いのがよくわかる。彼女の目力を受け止めきれず、幸太《こうた》は視線を彷徨《さまよ》わせた。

「えーっと……」

「わたしよ、わ・た・し。世界のクリスティーナ・ウエストウッドがこの作戦をバックアップしているのよ。わたしが全部援助してあげるんだから」

「え、援助って、そんなことしてもらうわけには……」

相手は大金持ちとわかっているが、援助してもらうのには抵抗がある。渋る幸太《こうた》にクリスティーナは唇《とが》を尖らせた。

「ねえ、これはわたしたち二人の問題だってわかってる?」

「二人……?」

「コータの婚約解消はわたしの婚約解消でもあるの。どうしてわたしの婚約解消のために、わたしがおカネを出しちゃいけないの?」

幸太《こうた》に反論はできなかった。

「決まりね。決定した作戦は議事録に書くわよ」

クリスティーナはテーブルにあったメモ帳を引き寄せる。

『作戦:コータが他に婚約者を作る』

やたら可愛《かわい》い丸文字だった。

「そうと決まったら、コータの婚約者になってくれる人を探さないとね」

善は急げ、とばかりにクリスティーナはスマホをいじり始める。

「わたしのモデル仲間で誰か紹介してあげようか？　コータはどんな子がタイプ？」

「待て待て。紹介は必要ない。俺は今のカノジョにプロポーズする！」

「へえーカノジョ……」

「ああ」

「……」

スマホを操作していたクリスティーナの手が止まる。

「はああっ⁉　カノジョ――⁉」

急に立ち上がってクリスティーナは叫んだ。

「な、何だよ、その俺にカノジョがいるのが超意外みたいな反応」

「だって、だって！　婚約者が別に恋人を作ってるとは思わないじゃない！」

「だーかーらー、俺は婚約なんて知らなかったんだって」

「ふうーん、へえ、それで『好きな人以外とは結婚したくない』ってわけ……。え、ちゃんとカノジョは三次元なんだよね？」

「失礼な奴《やつ》だな」

仏頂面《ぶっちょうづら》になった幸太《こうた》の前で、クリスティーナは議事録のメモ用紙に文字を書き足した。

『↓コータがカノジョにプロポーズする』

トン、トンとクリスティーナがペン先をメモ用紙に打ちつけている。ひん曲がった口から彼女の機嫌があまりよくないのがわかる。

「で、コータたちは付き合ってどれくらいなの？」

「えっと、まだ俺に三次元のカノジョがいるのを疑ってるのか……？」

「違うわよ。コータのプロポーズが成功しなかったら、わたしたちの作戦も狂うでしょ。現時点でどれくらいの成功率なのか知っておかないと」

「付き合ってもうすぐ二か月だよ」

「カノジョとはどこで知り合ったの？」

「高校のクラスメートだ。同じ学級委員をしてる」

「委員会が共通項ってわけね。次のデートはいつする予定？」

「……今月末、できればいいな、と……」

「悠長にしてられないわ。コータのパパが帰ってくるまでに婚約者を作らないといけないのよ。すぐにでもデートの予定を組まないと」

「……カネを貸してくれるか？」

「え？」

バン、と幸太《こうた》はテーブルに両手をついた。恥とか情けなさとかを堪《こら》え、勢いよくクリスティーナに頭を下げる。

「今月末、バイト代が入ったら必ず返すから！　デート費用を貸してください！」

「いいわよ」

間髪入れずに水素より軽い返事が返ってきて、幸太《こうた》は顔を上げた。クリスティーナが財布から見たことがないほど分厚い札束を出している。

「言ったでしょ、わたしが全面的にバックアップするって。今週の軍資金はこれで足りるかしら？」

「そんないらねえよっ！　デートで世界一周するのかよ⁉　大金はちゃんと仕舞っとけ！」

思わず叫んだ。貧乏人には心臓に悪い光景だった。財布に札束とか絶対に怖くて持ち歩けない。

クリスティーナは肩を竦《すく》めた。

「デートの前に貸せばいい？」

「それで頼む。……ありがとな、おまえのおかげで念願の初デートが早まりそうだよ」

クリスティーナの動きがぴたりと止まった。

「……初、デート？」

「今月末、バイト代が入ったら誘おうと思ってたんだ。ぶっちゃけ俺《おれ》ん家《ち》、経済的にキツいからさ。デート費用がなかなか捻出できなくて……」

「まさかコータ、付き合って二か月、一度もデートしてないわけ？」

「え？　ああ、うん。そうだけど……？」

金髪少女は真顔になっていた。ふるふると彼女の唇が戦慄《わなな》いている。

「カノジョはコータのそんな事情を知っているの？」

「いや、さすがにうちの経済状況は言いにくいだろ……」

「じゃあじゃあ、カノジョはコータの事情も知らずに、二か月ずっと放置されてるってこと？」

「や、放置じゃなくて――」

「バカああああああああああっ!!」

「うわああっ」

いきなり叫ばれ、幸太《こうた》はイスから転げ落ちた。

顔を真っ赤にしたクリスティーナが幸太《こうた》を見下ろしている。彼女はビシッと人さし指を突きつけた。

「付き合って二か月、理由もなくデートなしってどういうこと!?　え、それホントに付き合ってるの？　カノジョはデートねだってこないの？」

「カ、カノジョはそういうの積極的じゃないんだ……。付き合ってはいるよ！　だって、別れようとは言われてないし……」

「コータ——自然消滅って知ってる？」

自然消滅。

不吉な響きに幸太《こうた》は震えた。

「片方が惚《ほ》れていて、もう片方が流れで付き合ったカップルによく起きる現象なんだけど、最初は惚《ほ》れてるほうが何かと誘うわけ。でも、だんだん惚《ほ》れてるほうも気持ちが冷めてきちゃって、デートにも誘わなくなっちゃう。そうすると、二人は一気に疎遠になって、『別れましょう』なんて言葉もなしに実質そのカップルは別れるのよ。それが自然消滅。コータの場合は最初からデートにも誘わなかったから——」

「あああああ聞きたくない聞きたくない聞きたくないっ！」

両耳を塞ぎ、幸太《こうた》はキッチンの隅で蹲《うずくま》った。

（そんなことがあるのか……？　いや、信じたくない。俺は信じないぞ！　せっかく告白してOKもらったのに、デートもせずに別れてるなんて——）

「想像して、コータ。恋人になったのに二か月も誘われないのよ。本当に付き合っているのかカノジョとしては不安になるわ。自然消滅してても文句は言えないわよ」

そんな——、と幸太《こうた》は脱力した。虚《うつ》ろな目で「……どうしたらいいんだ……俺はどうすれば……」とぶつぶつと呟《つぶや》き始める。

クリスティーナは呆《あき》れ顔《がお》になっていた。

「まるで廃人だわ。そんなに今のカノジョと別れるのがショック？」

「ショックに決まってるだろ！　初めてできたカノジョなんだぞ。入学式の日に一目《ひとめ》惚《ぼ》れして、やっと付き合えたってのに——」

「はあ。一応ラインでカノジョに確認してみたら？　運がよければまだ破局してないかもしれないわ」

「ラジャー」

幸太《こうた》は即座にスマホを出した。

嫌な想像がグルグルと巡る。震える手で文面を打っていると、クリスティーナが言った。

「送る前に見せて。わたしが内容をチェックしてあげるわ」

え、と幸太《こうた》は戸惑った。

（カノジョに宛てたラインを他人に見せるのはどうなんだ……？）

クリスティーナは口を尖《とが》らせる。

「下手なこと送らない自信ある？　ラインが原因で別れることだってあるのよ。ま、コータがいいならいいけど」

「わかったよ！　チェックお願いします！」

とにかくカノジョと破局しなければ何でもいい。文面ができて、幸太《こうた》はクリスティーナにスマホを渡す。

『拝啓
秋が穏やかに深まり、月が綺麗《きれい》に見えるこの頃。東城《とうじょう》さんにおかれましては、いかがお過ごしでしょうか。

さて七月中旬に告白した際には、嬉《うれ》しいお返事をありがとうございました。校内でも高嶺《たかね》の花と名高い東城《とうじょう》さんに交際を承諾いただいたときは、天にも昇る心持ちでした。

本日、ラインをさせていただいたのは、そのときのお返事がまだ有効なのかを確かめたくなったからです。僕のほうはまだ東城《とうじょう》さんに変わらぬ気持ちを抱いています。

お忙しいところ大変恐縮ですが、ご返信をお待ち申し上げております。

明日の委員会で一緒の時間を過ごせるのが楽しみです。

敬具』

「バカあああああああああああっ⁉」

「えええええええ⁉」

「想像以上にヤバかったわ！　え、このラインで本当にいいと思ってるの……？　うわっ、カノジョへのライン全部、拝啓から始まってる！　嘘《うそ》でしょー⁉」

「ちょ、履歴見るなよ！」

スマホを取り返そうと幸太《こうた》が手を伸ばす。が、クリスティーナは光速で文章のあらかたを消すと、ラインを送信してしまった。

「これでよし☆」

「よし、じゃねえええ！　おまっ、東城《とうじょう》さんになんて無礼なラインを！」

クリスティーナが送ったのはたった一文。

『告白の返事はまだ有効？』

「無礼って何？　こんな長文送りつけるほうがどうかしてるわ」

クリスティーナはまだ幸太《こうた》のラインを見て「へえ、カノジョ、東城氷雨《とうじょうひさめ》っていうのね」と言っている。幸太《こうた》はスマホを奪い返した。

「俺はっ、東城《とうじょう》さんに丁寧に接したいんだ！　彼女を人として尊敬してるし、真剣なお付き合いをしたいと思ってる。なら、ラインでもそれをアピールするべきだろう！」

「心構えはいいのに、アピール方法が残念すぎるわ。このラインで今までフラれてなかったのが奇跡ね」

「俺が東城《とうじょう》さんに告白ＯＫもらえたのも大概、奇跡なんだよ……！　ああ自然消滅してたらこの世の終わりだ……」

「だったら、婚約者候補、他にも見繕っとく？」

クリスティーナが自身のスマホを掲げて見せる。

婚約解消をするためなら、幸太《こうた》に他の婚約者がいればいいだけだ。今のカノジョに拘《こだわ》る理由はない。

しかし、「いや」と幸太《こうた》は迷わず首を振った。

「俺は東城《とうじょう》さんしか考えられない」

幸太《こうた》はラインの画面を見つめる。まだ既読は付かない。もしこのままずっと既読が付かなかったら。そして既読が付いても返信がなかったら——。

変わらない画面は幸太《こうた》の心をじりじりと蝕《むしば》んでいく。

「——」

ふっとスマホの画面が真っ黒くなった。クリスティーナが幸太《こうた》のスマホの画面を落としたのだ。

「なんて顔してるの、コータ。あなたにはわたしがついているのよ」

クリスティーナは顎を持ち上げて微笑《ほほえ》んでいた。

「たとえ自然消滅してても、すべての望みが断たれたわけじゃないわ。そうでしょう？　またカノジョに告白すればいいじゃない」

「だが一度、恋人になって失敗しているんだぞ……？　ＯＫをもらえるわけないだろ」

「失敗の原因はもうわかったでしょ。もし他にダメなとこがあったとしても、今度はわたしがこうして事前に教えてあげられるわ。これからコータは独りじゃないのよ」

高慢そうな顔がどこか頼もしく見えて、思わず幸太《こうた》はクリスティーナを見つめた。

彼女は励ますように幸太《こうた》の両腕を握る。

「大丈夫よ、世界のクリスティーナ・ウエストウッドが保証してあげる。コータのよさは必ずカノジョに――」

ピロン、と幸太《こうた》のスマホが音を立てた。

「東城《とうじょう》さんか⁉」

「見せて！」

二人してスマホを覗《のぞ》き込む。

果たしてラインには――


『はい』


「うおおおっしゃああああああっ‼」

「自然消滅ルートは回避……。でもこの返事の素っ気なさ、妙に引っかかるわね……」

「東城《とうじょう》さんの返事はいつもこんな感じだから問題なし！　やったぜ、ウエストウッドさん！

俺の春は終わっていなかった！」

「……『クリス』よ」

舞い上がる幸太《こうた》にクリスティーナは訂正する。

「わたしたちは婚約解消に向けて協力し合う同志なんだから。ウエストウッドさんなんて堅苦しい呼び方はなし」

「クリス……なんか呼び慣れないな……」

女子を名前で呼ぶ習慣は幸太《こうた》にはない。

クリス、と口の中で呟《つぶや》く幸太《こうた》に、彼女は口角を持ち上げた。

「慣れないなら、これから慣れていけばいいのよ」


いい加減、腹が減った。

学校が終わり、スーパーからバイトに直行し、帰宅したら婚約の件でひと悶着《もんちゃく》である。男子高生の空腹は限界だ。

「おいクリス！　おまえピザ、何枚頼んだんだ？」

配達員から受け取った大量の箱を抱え、幸太《こうた》はキッチンに戻った。

宅配ピザを取ろうと言い出したのはクリスである。幸太《こうた》はそんな高級品を頼むのは反対したのだが、クリスに押し切られた。

曰《いわ》く、わたしが払うんだからいいでしょ、と。

「んー？　二人用のパーティーボックスだから、ピザは二枚じゃない？」

「パーティーボックス！　また無駄に愉《たの》しげなもんを……ってこれはケーキじゃないか!?」

箱を開けていたらホールケーキまで出てきて幸太《こうた》は驚く。

「そうよ。それがどうしたの？」

「ピザがあるのに、何故《なぜ》ケーキまで!?」

「ピザはメインディッシュでしょ。ケーキはデザートじゃない。両方いるに決まってるでしょ」

「そんな決まりがあるのはおまえの家だけだ！　この超セレブめ！」

クリスは鼻唄を歌いながら、ピザやらケーキやらをスマホで撮っている。

「今夜は記念パーティーなのよ。ケーキがないパーティーに行ったことがある？」

「俺はパーティー自体、行ったことねえよ」

つくづく住む世界が違う奴《やつ》だと幸太《こうた》は思う。

「で、記念パーティーって何の記念だ？」

え、とクリスが動きを止めた。

「嘘《うそ》でしょ、コータ。さっきわたしたちが何を結成したか忘れちゃったの……？」

「覚えてるよ！　婚約解消同盟だろ」

幸太《こうた》は冷蔵庫を指さす。そこにはクリスが書いた議事録——メモ用紙が貼られていた。

『婚約解消同盟　コータ&クリス
作戦：コータが他に婚約者を作る
　　→コータがカノジョにプロポーズする』

「そうよ、コータとわたしの婚約解消同盟が結成されたのよ！　本来ならドーム会場を貸し切って大々的に結成記念パーティーを開くところだわ」

「俺たち二人だけの秘密同盟なんだから大々的にやったらダメだろ」

「撮影終わり！　コータ、コーラ取って。乾杯しよ」

「はいよ。げ、おまえさあ、五百ミリのペットボトル二本買うなら、一リットル買ったほうが安いって知らないの？」

「そういうケチくさいこと言わなーい」

プシュ、と二人してコーラのペットボトルを開けた。

コーラを片手に幸太《こうた》とクリスは互いを見遣《みや》る。言うべきことは自然と口をついて出た。

「クリスと俺の婚約解消同盟結成に」

「わたしたちの同盟者としての絆《きずな》に」

「「乾杯っ！」」

二つのペットボトルが勢いよくぶつかり、黒い炭酸水が弾《はじ》けた。

冷えたコーラを喉に流し込むと爽快感が走る。二人で婚約解消に向けて動き出したことも幸《こう》太《た》の気持ちをすっきりとさせていた。

「ん～エビマヨピザ、最高～」

クリスは早速、ピザにかぶりついて顔を蕩《とろ》けさせている。頬張る様《さま》は小動物みたいだ。なかなか気持ちのいい食べっぷりである。

幸太《こうた》もピザを取りながら言う。

「……あーおまえさ、うちにいる間、奥の和室を使ってくれ。襖《ふすま》あるから一応、部屋は区切れるし。俺はキッチンで布団《ふとん》敷いて寝るから」

「何言ってるの、コータ？」

クリスはぱちぱちと瞬《まばた》きをしていた。

「何って、うちの親父《おやじ》がいない間、おまえうちに泊まるんだろ？　俺が友人の家を泊まり歩くわけにもいかないし」

「わたしがこの家にいるのは今日限りよ。明日からのホテルはもう予約してあるわ」

「ええ——⁉」

「コータ、想像して。カレシが他の女と二人暮らしをしている。しかもその女は千年に一度の美少女。それを知ったらカノジョはどう思うかしら——？」

「おまえ自分で千年に一度の美少女って……」

「本当だもん。メディアではそう言われてるもん」

ぷーっとクリスは頬を膨らませる。……まあ、口元のマヨソースを拭えば、完璧な美少女なのは間違いない。

「……うん、マズいな。マズい予感しかない」

幸太《こうた》とクリスにやましいことなどないが、状況だけ見れば誤解を招きかねない。

でしょ？　とクリスは紙ナプキンで口元を拭く。

「わたしたちの二人暮らしをカノジョはきっと嫌がるわ。最悪、コータはフラれるわね」

「それは困る！」

「婚約解消同盟の作戦的にもそれは困るわ。だからわたしはこの家を出て行くわよ。幸い、しばらくホテル暮らしができる資金は持ち合わせているし」

「はあ、悪いな。そうしてくれると助かる」

「感謝するのはそれだけ？」

「？」

「ホテルを予約済みだった同盟者《わたし》の用意周到さをもっと褒めてくれてもいいんじゃない？」

クリスは得意げだ。チラ、チラと幸太《こうた》を見て、褒められるのを待っている。

「グッジョブ。おまえは最高の同盟者だよ」

「ふふ、わかればいいのよ」

満更でもない様子でクリスは最後のピザを頬張った。

「住むとこは別々でもコータのプロポーズを成功させるため、連絡はまめに取り合いましょう」

ホールケーキを切り分けることなくクリスはフォークを刺す。

「今日の様子を見る限り、コータのカノジョへの対応も不安だわ。コータって、いまいち女心がわかってないのよねえ」

「うっ、反論できん……。初めてのカノジョだし、丁寧に接したいと思ってるんだけど、どうしたらいいかまだよくわからなくて――」

「コータのそういうとこ、好きよ」

心臓が跳ねた。幸太《こうた》は硬直したまま目だけで彼女を見る。

正面のクリスは指に付いた生クリームをペロリと舐《な》めている。

「不器用だけど、コータが恋人を大切にしているのはわかるもの。わたしがコータのカノジョだったらなーなんて」

「お、おい!?」と幸太《こうた》は焦《あせ》った。

「何言ってるんだよ！　俺には東城《とうじょう》さんが――」

「冗談よ」

アハハハッ、と陽気な笑い声がした。クリスは可笑《おか》しそうに手を叩《たた》いている。

「もーコータ、狼狽《うろた》えすぎ！　冗談に決まってるじゃない。わたしだってコータと付き合いたくて言ったんじゃないから」

「あ、ああ……」

「コータのいいところはよくわかったって意味よ。コータだって何も知らない人より、自分のことを理解している人に手伝ってもらったほうがいいでしょ？」

「それは、そうだな……」

女子に持ち上げられるとなんだか照れくさい。ましてや『好き』なんて言われたら、告白ではないとわかっていても動揺してしまう。

「コータの気持ちがカノジョにも伝われば、きっとプロポーズも受けてもらえるわ。コータが上手にアプローチできるよう、わたしも協力するからね」

頼もしいな、と思った。

婚約解消のための作戦を立案したのはクリスだ。プロポーズの相談も、デート費用の前借りも、クリスにしか頼めない。

クリスはニコニコして幸太《こうた》を見ている。

「ん、どうしたの、コータ？」

幸太《こうた》はクリスに手を差し出した。真面目に言う。

「これからよろしく頼む、同盟者」

「こちらこそ、同盟者」

互いの手が固く握られた。その握手は確かに二人の婚約解消同盟が結成された証《あかし》だった。

◆◆◆

ざざ、と波がざわめく。

「……そう、わかったわ。じゃあね、パパ。おやすみ」

海辺でクリスは、アメリカにいる父親との通話を切った。

こっちの時刻は午前三時を回っている。寂れた波止場にはクリス以外、誰もいない。

豪山寺《ごうざんじ》家から徒歩十分のところに海はあった。

パーティーの後、幸太《こうた》は内職のポケットティッシュに向き合った。が、疲れていたのか彼はすぐに眠ってしまった。それを見て、クリスはこっそり彼の家を抜け出してきたのだ。

波止場の終点。ぬらりと黒い海面を前にクリスは立ち止まる。

はあ、と熱っぽいため息が出た。

（いつかおまえは、おまえ自身をちゃんと見てくれる男と恋をする、ね……）

幸太《こうた》がクリスに言ったことだ。その台詞《せりふ》を大切に抱き締めるみたいに、クリスは胸を押さえた。

これまで他人にとことん失望してきた。

彼女が大富豪の娘だとわかるや否《いな》や、媚《こ》びへつらってくる人間のなんと多いことか。好意を露《あらわ》に近付いてくる男たちは特に酷《ひど》かった。

人の下心がわからない愚鈍さを備えていればよかったと思う。

けれど、幼い頃から父親のカジノを遊び場としてきたクリスは、自然と他人の心が読めるようになっていた。表情や仕草から相手が何を考えているか手に取るようにわかるのだ。自分に近付く男たちの欲望を見抜くのもわけなかった。

(コータくらいよね。わたしとの婚約を解消したがる男なんて)

幸太《こうた》がキッチンで力説した様《さま》を思い返し、クリスはふふっ、と笑った。

タイムセールにわざわざ駆け込むほど生活が苦しいのに。

彼こそ、クリスの背負うものを本当に必要としているはずなのに。

幸太《こうた》はクリスをカネとしては見なかった。きちんと一人の女の子として、クリスの意思を尊重してくれたのだ。

「っ……」

胸の奥が熱い。

今まで感じたことがないものが胸に溢《あふ》れていた。キッチンで幸太《こうた》に説得されたときから、クリスの心臓は痛いくらいに速くて、そこから湧き出る熱は一向に収まる気配がないのだ。

目を閉じたクリスは深呼吸する。

「ホオズキ」

「……ここに」

クリスの呼びかけに応え、波止場に音もなく漆黒のメイドが現れていた。

歳《とし》は十八ほど。肩で切り揃《そろ》えた黒髪に、黒縁の眼鏡。クラシカルなメイド服で恭《うやうや》しく礼をするが、彼女は衣擦《きぬず》れ一つ立てない。

名はホオズキ。それ以外の素性は不詳。わかっているのは、彼女がウエストウッド家に仕えていて、どんな命令も完遂する万能なメイドということだけだ。

海を向いたまま、クリスは背後のメイドに命じる。

「常盤《ときわ》中央高校の一年生、東城《とうじょう》氷雨《ひさめ》。彼女のありとあらゆる情報を集めなさい」

「……御意」

その一言を残し、メイドは再び夜陰に消えた。

幸太《こうた》のカノジョ。その情報はこれからクリスが動くにあたって絶対に必要となる。

ほう、とクリスはため息を洩《も》らした。うっとりと目を細める。

「なんて綺麗な海なのかしら」

空は曇天。月の光も星の瞬《また》きも地上には届かない。

だが、微《かす》かに洩《も》れた月光が波打つ水面《みなも》に反射し、キラキラ、キラキラと煌《きら》めいているように
クリスの目には映るのだ。

水平線まで輝く夜の海。

初めて見た幻想的な光景に導かれるように、クリスは自身の財布を出した。

そこには今の彼女の全財産——現金、キャッシュカード、クレジットカード、身分証明書などが入っている。これがなければホテルには泊まれない。必然的にクリスは幸太《こうた》と同居することになる。

クリスは踏み込むと、海へ大きく腕を振りかぶった。長財布が放物線を描く。

恋を知った少女は軽やかに踵《きびす》を返《かえ》した。

「——婚約解消同盟？　そんなの嘘《うそ》に決まってるじゃない」

不敵に嗤《わら》う彼女の背後。

闇に塗り潰された海でぼちゃん、と重い音がした。

二章　プロポーズへの道のり

「きゃあああああああっ！」

豪山寺《ごうざんじ》家に響き渡る甲高い悲鳴。

ポケットティッシュの山に埋もれた幸太《こうた》は、ムニャと寝《ね》ぼけ眼《まなこ》を開いた。

（……うちに金髪美少女がいる……？）

幸太《こうた》は父親と二人暮らしだったはずだ。

けれど朝陽《あさひ》が射《さ》し込む家には、蜂蜜を溶かしたような髪をした少女がいる。

慌てた様子で彼女はスーツケースの中身をひっくり返している。彼女が動く度にツインテールの毛先がぴょこぴょこと躍っていた。

（そうか、親父《おやじ》が決めた婚約者……昨日の夜、クリスとパーティーもどきをして、あいつはうちに泊まったのか……）

昨夜のことを朧《おぼろ》げに思い出す。クリスの存在に説明がついたので、幸太《こうた》は再び眠りに落ちようとして――。

ゆさゆさと身体《からだ》を揺すられた。

「コータ、起きてっ！　大変なの！」

「うぅん……起きてるよ……」

「起きてない！　一大事よ、わたしの財布がないの」

（財布……）

幸太《こうた》の脳内を昨夜見た札束がよぎった。

「え――――っ⁉　ちょ、財布がないってどういうことだよ⁉」

ざばっとポケットティッシュの山から起き上がった幸太《こうた》に、クリスがびっくりする。

幸太《こうた》は一瞬で覚醒していた。鬼気迫る勢いでクリスの肩を掴《つか》む。

「おい、その財布はどこに置いてたんだ⁉」

「ま、枕元にスマホと一緒に置いたはずなんだけど」

ドギマギしているクリスを放り、幸太《こうた》は和室に立った。

昨夜、クリスにはここで寝てもらった。乱れた布団《ふとん》。開かれたスーツケース。周囲には幸太《こうた》や徹志《てつじ》の私物があるが、財布が置かれていればすぐわかる。

札束の入った財布は消えていた。

「……言っておくが、おまえが寝てる間、俺は和室には立ち入ってない。誓ってもいい。俺は無実だ！　何なら家中調べてくれ！」

「わかってるわよ！　心外だわ、わたしがコータを疑うと思ってるの？」

「だって昨夜、この家には俺とおまえしかいなかったんだぞ！　普通に考えたら、俺がおまえの財布を盗んだとしか――」

言いかけ、幸太《こうた》の目がベランダに留まる。

薬味がほしいときに重宝している小ねぎの鉢が倒れていた。ついでにベランダの鍵も開いている。

「……クリス、おまえ、ベランダ開けたか？」

「いいえ、開けてないわ」

「よし、今すぐ一一〇番しろ」

枕の脇に転がっているスマホを拾い、幸太《こうた》はクリスに押しつけた。

「ドロボーに入られたんだ」


警察はすぐ豪山寺《ごうざんじ》家に来てくれるらしい。

泥棒の件はクリスに任せ、幸太《こうた》は登校することになった。今日は平日。許嫁《いいなずけ》が突然現れようが、泥棒に大金を盗まれようが、高校は平常通りある。

それでも最初、幸太《こうた》はクリスと一緒に警察を待とうとした。クリスが被害に遭ったのは豪山《ごうざん》寺《じ》家のセキュリティがゼロだからだ。どうしても責任は感じてしまうが。

「ここはわたしに任せて、コータは学校に行きなさい」

クリスは腰に手を当てて譲らなかった。

「財布を盗まれたのはわたし。コータが学校に遅れてまで付き添う必要はないわ」

「だが俺の学校より、おまえの被害のほうが――」

あのね、とクリスが幸太《こうた》を遮った。

「コータ、わたしたちの関係は何だったかしら？」

言いながらクリスはビシッと冷蔵庫を指さす。

そこにあるのは昨日のメモ用紙。思わず読んだ。

「……婚約解消同盟」

「そうよ。わたしたちの目標は婚約解消よ。それ以上に優先されることはないわ」

クリスは人さし指を立てる。

「婚約解消するには、まずコータのプロポーズを成功させないといけないでしょ。学校に遅れたらその分、コータがカノジョといる時間が短くなるじゃない。それはわたしたちにとって不利益なの。わかる？」

そこまで言われれば幸太《こうた》も学校に行かざるを得ない。

制服に着替えた幸太《こうた》は靴を履く。

「じゃあ、行ってくる。何かあったら連絡してくれ」

げる。

「うん、いってらっしゃい」

クリスは彼を見送りに玄関に立つ。

しかし、幸太《こうた》はいつまでもドアを開けようとしなかった。逡巡《しゅんじゅん》する彼の背でクリスは首を傾《かし》げる。

「コータ？」

「……小学生のとき、修学旅行で木刀を買ったんだ」

背後でクリスが瞬《またた》くのがわかった。

「『日光』と彫ってあるやつだ。それは押入れの右側上段にある」

「え、えーっと、なんで今そんな話を……？」

クリスは噴き出すのを懸命に堪《こら》えているみたいだった。

もし、と幸太《こうた》は強い声を出す。

「おまえが一人のとき、不審者がやって来たら使え。何もないよりマシだろ。あと、逃げるならうちを出て左だ。商店街があるから助けてもらえる」

幸太《こうた》が振り向くと、クリスは呆《ほう》けていた。

「……え、それってコータ……わたしを心配して……？」

「当たり前だろ！　既にうちに忍び込まれてるんだよ。札束を見た犯人が、うちを金持ちと勘違いして戻ってこない保証はないだろ」

「それはそうだけど、でもコータ、木刀って……」

我慢できなくなったのか、ぷぷぷとクリスは肩を震わせ始める。

あーもう！　と幸太《こうた》は頭をかき回した。幸太《こうた》だって木刀をお土産に買ってきた過去は恥ずかしいのだ。

「とにかく武器のありかは教えたからな！　マジで気を付けろよ！」

捨《す》て台詞《ぜりふ》のように吐いて幸太《こうた》はドアに手をかける。

と、「コータ」と声がした。

「ありがと。いってらっしゃい」

ドアの隙間から見えたクリスは嬉《うれ》しそうに目を細めていた。

◆◆◆

パタン、と豪山寺《ごうざんじ》家のドアが閉まり、幸太《こうた》の足音が遠ざかっていく。それが聞こえなくなって、クリスはへなへなと座り込んだ。

「はあ、どうしよう……好き……コータが好き――――っ!!」

鼓動が速い。顔のニヤけが止まらない。

恋を知ったばかりの心は今日も絶好調で暴走中だ。

（え、えー、コータがあんなに心配してくれるとは思わなかったよお……一緒に警察を待とうとしてくれたのも、わたしが襲われないか心配だったってこと？　コータ、いざというときはわたしを暴漢から守るつもりだった？　何それヤバいヤバい、そんなことになったらコータがカッコよすぎてわたしキュン死する——）

プシューと顔から湯気を噴き、クリスは倒れた。キッチンの床が冷たくて心地よい。

どうして彼はこんなに優しいんだろうと思う。

幸太《こうた》にとってクリスは言うなれば「邪魔者」だ。婚約者のクリスさえいなければ、幸太《こうた》は婚約解消に奔走することもない。強盗に遭遇してクリスの身に何かあれば、婚約解消の理由にもなるはずなのに。

「ああこんなにコータが好きなのに、カノジョのいる学校に送り出さないといけないだなんて——！」

「……まったくです。何故《なぜ》、婚約解消同盟など結んだのです？」

室内に影が落ちた。

どこから現れたのか。朝日を遮るように漆黒のメイドはベランダに立っている。まるでそこだけ夜が訪れたようだった。

「……第三者へのプロポーズを促すのは、お嬢様の首を絞めるだけと思われますが」

ホオズキは冷徹な瞳で進言する。

クリスは身体《からだ》を起こし、コホン、と咳払《せきばら》いをした。

「なら、婚約解消同盟を結ばない選択肢があったかしら？」

もし同盟を結ばなかったなら——。

「コータの心は現状、カノジョのものよ。わたしがいくら彼にアピールしても、恋人がいるから、と彼はわたしを遠ざけるでしょうね」

幸太《こうた》は誠実だ。誠実だからこそ、恋人がいる状態で他の女子と積極的に仲良くなろうとはしない。

最初、クリスとの同居を知ったとき、彼は家を出て行こうとしたのだ。親が決めた婚約者との同居は彼の倫理に反するものだった。だが、クリスが婚約者ではなく同盟者になったとき、彼の警戒心はかなり下がった。

「コータにわたしを好きになってもらわないといけないのよ。それには一緒の時間を過ごす必要があるでしょう？　コータがわたしに一目惚《ひとめぼ》れしなかった以上、地道に関係を築いていくしかないのよ」

「……婚約解消同盟は豪山寺《ごうざんじ》幸太《こうた》と共にあるための口実だと？」

「ええ。それも、ただ一緒にいるだけじゃ不十分よ。共通目標に向かって二人で取り組む。いわば共同作業ね。それが大事なのよ」

漫然と同じ空間にいたところで、二人の関係性は変わらない。しかし、そこに共通目標があれば、結果は違う。

今まで話したこともなかったクラスメートと、学校行事で同じ係になったのを契機に交流が増えて、途端に仲良くなっていくように。

「婚約解消同盟はわたしの目的にピッタリなのよ。同盟者という立場で、恋人持ちのコータに近付ける。さらに、共同作業までしてわたしの魅力を知ってもらうのよ」

たとえ、幸太《こうた》とカノジョの仲を後押しすることになっても、だ。

それ以上にクリスが幸太《こうた》との距離を縮めれば、いつかは追いつき、追い越せる。

「……お考えはわかりました。ですが、豪山寺幸太《ごうざんじこうた》があの件を知れば、その作戦は――」

「だから、あの件は最後の最後までコータに隠し通すのよ」

漆黒のメイドと金髪の少女は思わせぶりに視線を交わし合う。

はあ、とクリスは物憂《ものう》げに目を細めた。

「世界は残酷だわ。好きになる人は選べないんだもの」

選べないから、既に恋人がいる幸太《こうた》を好きになってしまった。

だけどこれは初恋なのだ。

相手に恋人がいたからといって諦められるような、中途半端《ちゅうとはんぱ》な恋じゃない。

ピンポーン、とインターホンが鳴った。「警察です」という声も聞こえる。クリスが一瞬視線を外した隙にホオズキは姿を消していた。

クリスは申し訳なさそうな顔を作ってドアを開ける。

「すみません。お財布を盗まれた件ですよね。よく探したら見つかりました。わたしの勘違いだったみたいです」

＊＊＊

満員電車を乗り継ぎ、一時間近く。幸太《こうた》はようやく学校に着いた。

常盤《ときわ》中央高校は中堅の県立高校だ。伝統はあるが、他に特徴はなく、少子化が叫ばれる近年は生徒数の確保に苦心している。学校側は一芸に秀《ひい》でた生徒を集め、差別化を図りたいようだが、その試みも上手《うま》くいっているとは言い難《がた》い。

校舎にかかる垂れ幕はせいぜい、県大会六位入賞止まりである。本当にすごい生徒は実績のない学校には入らないものだ——普通なら。

校門を潜《くぐ》った幸太《こうた》は、眠そうな生徒たちの流れに身を委ね、

「東城《とうじょう》さん、ずっと好きです。俺と付き合ってくださいっ！」

聞き捨てならない台詞《せりふ》を聞いた。

昇降口のほうだ。幸太《こうた》は弾《はじ》かれたように駆け出す。

現場には人だかりができていた。分厚い生徒の壁をかきわけ、幸太《こうた》はなんとか中央の二人が見える位置につける。

彼女の姿を見た瞬間、ドクンと心臓が高鳴った。

腰まである艶《つや》やかな黒髪。朝陽《あさひ》を受けて輝く白い肌。物静かな佇《たたず》まいは気品に満ちている。表情が乏しいことも含め、人形のような完成された美しさだった。大和撫子《やまとなでしこ》という言葉は彼女のためにあるのだと思う。

また、制服を着ていてもわかる圧倒的に豊かな胸がすごい。クラスの男子の誰かが推定Gだと言っていた。

幸太《こうた》のカノジョ、東城氷雨《とうじょうひさめ》が人だかりの真ん中にいた。

相手の男子は上級生らしい。それとなく髪をワックスで整えていて、イケメンの部類に入るんだろう。幸太《こうた》より身長も高い。

幸太《こうた》は無意識に拳を握り込んでいた。

氷雨《ひさめ》は自分のカノジョだと飛び出したい衝動に駆られる。

が、それはしないと氷雨《ひさめ》との約束だった。幸太《こうた》たちが付き合っているのは二人だけの秘密なのだ。

朝の冷えた空気の中、固唾《かたず》を呑《の》んで見守る人だかり。

幸太《こうた》も手に汗を握っていると、氷雨《ひさめ》が口を開いた。

「邪魔です」

絶対零度の声音《こわね》。

人だかりの何人かが身体《からだ》を震わせるのを見た。

氷雨《ひさめ》は先輩男子を真《ま》っ直《す》ぐ見据える。美しい瞳から放たれる拒絶の視線がどれほどの殺傷力を秘めているのか——幸いにして幸太《こうた》は知らない。

「交際はお断りします。二度と話しかけないでください」

氷雨《ひさめ》はきっぱりと言い、昇降口へ向かう。人垣がたちどころに割れて彼女のために道を作った。

玉砕した先輩男子は氷雨《ひさめ》に追《お》い縋《すが》る気力もないようだ。辺りに同情や諦観の空気が漂う。

「今日も容赦ないなー、東城《とうじょう》さん」「きっと俺たちなんて眼中にないんだろうな……」という男子たちの嘆きが聞こえてくる。

幸太《こうた》は深々と安堵《あんど》の息を洩《も》らした。

これで何度目だろうか。彼女への告白を目撃するのは。

その度に幸太《こうた》は気が気でなくなる。学校一の高嶺《たかね》の花と付き合うのは、こういったプレッシャーもあるのだ。

教室に入った幸太《こうた》は近くの席の男子たちへの挨拶もそこそこに、ざばーっとポケットティッシュを机に広げた。昨夜は疲れて眠ってしまったため、内職が終わっていないのだ。

同じクラスにいる氷雨《ひさめ》をちらりと見ると、彼女はいつものように自席でハードカバーの本を開いていた。本のタイトルは『ミクロ経済学におけるナッシュ均衡とパレート効率』。おそらく校内でその本を理解できる生徒はただ一人、氷雨《ひさめ》だけだろう。

と、クラスメートの男子が氷雨《ひさめ》に話しかけた。昨夜見た人気ドラマの話題を振っているみたいだ。男子はなんとか彼女の関心を引きたいようだが。

氷雨《ひさめ》が本から目を上げる。

「そのドラマは知りません」

話しかけるな、と言わんばかりの厳しい口調と眼差《まなざ》しだった。

気まずくなった男子はすごすごと引き下がる。それを見ていた他の男子が「ドンマイ」と彼を慰めた。

氷雨《ひさめ》の関心を引くのは難しい。お近づきになりたくても、まず普通は近付けない。

幸太《こうた》はほっとして内職に取りかかった。

婚約解消同盟を組むことで幸太《こうた》にはクリスというスポンサーが付いたわけだが、あくまでデート費用は前借りである。

（そういや泥棒の件ってどうなったんだろうな。クリスは大丈夫だろうか……）

そんなことを考えながら広告の紙をひたすらティッシュに挟んでいたときだった。

「豪山寺《ごうざんじ》っ、豪山寺《ごうざんじ》っ」

切羽詰まった調子で囁《ささや》かれる。

幸太《こうた》は「ん？」と首を回した。近くの席の男子は緊迫した面持ちで、視線だけで前を示す。

それを辿《たど》って——息を呑《の》む。

いつの間にいたのだろうか。幸太《こうた》の前には氷雨《ひさめ》が立っていた。

完璧な美貌は無表情。真冬の夜空みたいに凍えた瞳が幸太《こうた》にひたと据えられている。

「っ、気付かなくて申し訳ない、東城《とうじょう》さん！」

幸太《こうた》はすぐさま立ち上がる。イスが倒れ、ガタンと音を立てた。

直立不動の幸太《こうた》に氷雨《ひさめ》が事務的な声で言う。

「学級委員の仕事です」

「すみません、俺の記憶力が悪いせいで、東城《とうじょう》さんの言う学級委員の仕事に心当たりがありません」

「先刻、先生と会いました。HR前に教材室から机とイス一式を運ぶように、とのことです」

「了解しました。教材室に行けばいいんですね！」

氷雨《ひさめ》は頷《うなず》き、一人で歩き出してしまう。幸太《こうた》は慌てて彼女を追った。

二人で廊下を歩いていると、いかに氷雨《ひさめ》が校内で有名かを肌で感じる。すれ違う生徒は皆、彼女を見ていた。その眼差《まなざ》しには尊敬や好奇心が込められている。

（そりゃ、東城《とうじょう》さんは正真正銘の天才だもんな……）

本当にすごい生徒は実績のない学校には入らないものだが、例外はある。

それが東城《とうじょう》氷雨《ひさめ》という天才だ。

わずか十二歳でハーバード大学に入学し、十四歳で卒業。数学の学位を取得し、博士課程に進んだが、日本に帰ってきて何故《なぜ》か常盤《ときわ》中央高校に入学した。ちなみに彼女の入試結果は開校以来初の全教科満点だったそうだ。今では不動の学年一位である。

天才であることに加え、この容姿だ。彼女は全校男子の注目の的で、告白する輩《やから》は後を絶たない。また氷雨《ひさめ》もかなり辛辣に振ることから、彼女は誰の手にも届かない高嶺《たかね》の花として君臨していたのだが。

（それが俺のカノジョだなんて、いまだに信じられないよなあ……）

幸太《こうた》が感慨に耽《ふけ》っているうちに教材室に着いた。埃《ほこり》っぽい室内には余っている机やイス、ロッカーが放置されている。

幸太《こうた》が机を一つ持とうとしたとき、

「……豪山寺《ごうざんじ》くん」

躊躇《ためら》いがちな声がした。

二人きりの室内で氷雨《ひさめ》がもじもじしていた。さっきまでの誰も寄せ付けないオーラはない。

　こうして幸太《こうた》と二人になると、彼女はガードを緩めてくれるのだ。付き合う前からそうなので、幸太《こうた》は自分の敬意が氷雨《ひさめ》にきちんと伝わっているのだと確信している。

「昨夜ですが、何故《なぜ》あんなラインを……？」

　問われた幸太《こうた》ははっと目を見開いた。

（俺は昨日、クリスのせいで無礼なラインを送りつけてしまったんだった――！）

「許してほしい、東城《とうじょう》さん！」

　幸太《こうた》は勢いよく腰を九十度に折った。冷や汗が全身から噴き出す。

「誤送信なんだ！　本当はいつもみたいに丁寧な内容を送るはずが、たまたま手が当たって用件だけのラインに――」

「文面が短かったのは気にしていません」

「……え？」

「普段の形式張ったラインより、よいと思います」

（え、マジ……？）

　クリスの言う通り、アピール方法が残念だったのが判明し、軽くショックを受ける幸太《こうた》。

「わたしの質問は、何故《なぜ》あなたが交際状態を疑ったのか、です」

　恋人にいきなり「俺たちってまだ付き合ってるんだよな？」なんて訊《き》かれれば、そりゃ怪訝《けげん》に思うだろう。

あー……と幸太《こうた》は視線を巡らせた。

わずかな動きも見逃すまいと氷雨《ひさめ》は幸太《こうた》を凝視してくる。非常に整った顔でじっと見られると、かなりの威圧感だ。幸太《こうた》は声を絞り出す。

「だ、第三者に言われたんだよ……。二か月も付き合っててまだデートしてないのは、付き合ってないんじゃないかって」

「余計な口出しですね」

氷雨《ひさめ》は不機嫌そうに眉を寄せていた。幸太《こうた》は慌てる。

「いやうん、俺も二か月デートできてないのは気になってたから……」

「わたしたちはわたしたちです。交際の仕方は自由でしょう」

「そうだよな、俺もそう思ってた！　俺たちのペースで進んでいけばいいよな！」

氷雨《ひさめ》の眉が元に戻ったのを確認して、幸太《こうた》は切り出す。

「それで、あのさ東城《とうじょう》さん……やっぱり俺たちの交際を誰かに言うのはダメ――？」

「ダメです」

即答だった。

「交際が校内で噂《うわさ》になったらどうするのですか？」

「どうするって……いいんじゃないか？　俺はいいけど――」

「**ダメです**」

強い圧のこもった声だった。思わず「はい、すみませんでした！」と言いそうになる。

（東城《とうじょう》さん、俺と噂《うわさ》になるの、そんなに嫌なんだなあ……）

少しショックだけど、仕方がない。

氷雨《ひさめ》はザ・才色兼備だ。まさしく雲の上にいるような存在で、それに比べ、幸太《こうた》は平々凡々である。不釣り合いなのは百も承知だ。

だが一応、恋人として言いたいことはある。

「でもさ東城《とうじょう》さん……今朝も告白されてただろ。東城《とうじょう》さんにカレシがいるってわかれば、告白してくる男子も減ると思うんだ」

「何故《なぜ》、減らす必要があるんです？」

「俺が心配なんだよ！　東城《とうじょう》さんが告白されてるのを見ると、嫌なんだ。なんていうか……東《とう》城《じょう》さんを誰かに取られそうで……」

劣等感を暴露することになり、モゴモゴと言葉を濁す幸太《こうた》。

氷雨《ひさめ》はそんな彼を静かに見ていた。不思議そうに彼女は一つ瞬《またた》く。

「わたしは誰に告白されても断ります。今朝見た通りです」

「でも、俺の告白は受けてくれたじゃないか！　誰に告白されても断るわけじゃないだろ」

「訂正します。今後、わたしは誰に告白されても断ります」

「なっ！　今後、全部告白を断るって……それはつまり、東城《とうじょう》さんはずっと俺のカノジョでいてくれると……？」

幸太《こうた》が言ったときだった。

彼女の顔が沸騰したみたいに真っ赤になった。

さっと俯《うつむ》いた氷雨《ひさめ》は「……そ、それは、あの……で、ですから……」と意味のない言葉を紡《つむ》いでいる。手指をいじって困っているみたいだ。

「えっと、ごめん。困らせるつもりじゃなかったんだ！　『ずっと』なんてわかるわけないよな、うん」

「……わ、わたしは豪山寺《ごうざんじ》くんと……ずっと……ずっと……ぅう……」

蚊の鳴くような声でボソボソと言う氷雨《ひさめ》。

思わず幸太《こうた》が耳を寄せたとき、

「な、何でもありませんっ」

ボンっと湯気を噴き、氷雨《ひさめ》は話を打ち切った。イスを抱え、彼女は逃げるように教材室を出て行ってしまう。

後にはシャンプーのとてもいい香りだけが残された。

幸太《こうた》は机を持つ。氷雨《ひさめ》がどう思っているかわからないが、彼女とずっと恋人でいられたらいいな、と彼は思っていた。

机とイスを一式、教室に運び込む。

その意味を幸太《こうた》は教材室に行った時点では理解していなかった。

朝のHRが始まり、担任に「転校生を紹介する」と言われて初めて「そういうことか」と思い至った。

そして転校生が教室に入ってくる。

現れたのは、金髪ツインテールの美少女。

「初めまして、クリスティーナ・ウエストウッドです。ラスベガスから来ました。みんな、よろしくね☆」

テレビで見たことがある芸能人の登場に、教室が耳をつんざくほどの歓声と興奮に包まれる。

その中、幸太《こうた》だけは違った意味で叫び声を上げていた。

「な――――――っ⁉」

同じ高校に通うことになっていたとは。聞いてない。

クリスは高校の制服をばっちり着こなしていた。ブレザーの下にはオシャレなカーディガンまで覗《のぞ》いていて、すっかり今時のJKである。

モデルなだけあって元々プロポーションは抜群だ。しっかり自己主張している胸元に、ピザとケーキを一度に食っているとは思えないほどくびれた腰。短めのプリーツスカートからはすらりと長い脚が伸び、教室中の視線を集めていた。

クリスは机の間を優雅に歩いてくると、幸太《こうた》たちが運んできた席にかけた。

隣の幸太《こうた》に微笑《ほほえ》みかける。

「よろしく、お隣さん」

「……おう、よろしく」

マジでどうなってるんだよ。

朝のHRは終わり、間髪入れずに一時限目の授業が始まる。

『コータ、驚きすぎ！　わたしが転校してくることくらい、少し考えればわかったでしょ』

先生が板書している隙に、クリスがノートを見せてきた。教科書を見せるついでに席はくっ付けている。ノートを見せるのも容易だ。

『全っ然わかんねーよ！　おまえの転校なんて話、俺は一言も聞いてないぞ』

『なんで昨日、わたしが学校に車で乗りつけたと思ってるのよ』

『あ——！　言われてみれば！　なんで？』

『制服を受け取りに行ってたのよ』

「じゃあ、次の問題を豪山寺《ごうざんじ》くん」

いきなり指名されてビビる。

幸太《こうた》が慌てていると、クリスがこっそり答えを教えてくれた。英文法の授業で助かった。サンキュー、と小声で囁《ささや》くと、ウインクが返ってくる。

『それで、泥棒の件はどうなった？　財布は見つかったか？』

クリスは小さく肩を竦《すく》めた。

『手がかりなし、ね。見つかったら警察が連絡くれるみたいだけど』

『おいおい、大金がかかってるんだぞ！　警察は危機感を持って捜索してんのか⁉』

『正直、現金はどうでもいいんだけど』

『この金持ちめっ』

『問題は、財布の中に入れていたクレジットカードや身分証明書までないってことよ』

『つまり？』

『わたしはホテルに泊まれず、コータの家に居候《いそうろう》するしかないわ』

「え――」

思わず声を上げ、幸太《こうた》は慌てて咳払《せきばら》いで誤魔化《ごまか》した。

『あれ？　それってカノジョにバレちゃマズいやつ』

『だからわたしたちが同居してるのは、コータのカノジョには絶対秘密よ。どこで洩《も》れるかわからないからクラスメートにも言っちゃダメ』

『カノジョに隠し事をしろってことか⁉　自信ないぞ！』

『あとそういうわけだからごめん。デート費用はしばらく貸せなくなった。自分で稼いで』

スポンサー打ち切り！


休み時間になった途端、クリスの周囲にはクラスメートの山ができた。

転校生でなおかつ芸能人ときた。質問攻めにされるのも頷《うなず》ける。クリスは愛想《あいそ》よくクラスメートに接しているようだ。

内職しながら幸太《こうた》がそれを聞いていると、

「ねえ、わたしさっき先生に『学級委員に校内を案内してもらうように』って言われたんだけど、学級委員って誰？」

クリスがよく通る声で言った。

生徒の山が割れて幸太《こうた》を示す。クリスは幸太《こうた》のほうに身を乗り出した。

「学級委員さん、校舎案内してよ」

有無を言わせない口調だ。この鬱陶しい質問攻めから解放しなさいよ、とも言われているみたいである。幸太《こうた》は内職を中断した。

「そういうことなら行くか」

クリスが席を立った時点でクラスメートは仕方ない、といった様子で散り散りになっていった。幸太《こうた》はクリスを先導する形で教室を出ようとして、

ぐいっと腕を引かれた。

「っ⁉」

「ねえ、なんでコータだけで行こうとしてるの？」

クリスの唇が近い。吐息が耳を掠《かす》めるが、そのくすぐったさよりも疑問が先に立つ。クリスの言っている意味がよくわからなかった。

「女子の学級委員はどうしたの。わたしがせっかく、二人が一緒に行動するきっかけを提供してあげてるのに」

はっとした。

「おまえ……まさかそのために……？」

「もっとも、コータがわたしと二人きりで校内デートしたいなら、付き合ってあげなくもないんだけど？」

ふふんとクリスは顎を持ち上げている。

「いやおま――」

「冗談よ」

自己完結させたクリスは「ほら、ほらっ」と幸太《こうた》の背中を両手で押す。あまりの強さに幸太《こうた》

はつんのめった。

「早くもう一人の学級委員を誘ってきなさいよっ」

思えばクリスには幸太《こうた》と氷雨《ひさめ》が学級委員だと伝えてあった気がする。だとしたら、「学級委員って誰？」と訊《き》いたのはわざとだ。

頼もしい同盟者に促され、幸太《こうた》は氷雨《ひさめ》の席を見た。

氷雨《ひさめ》は本を読んでいた。

「いやダメだ。東城《とうじょう》さんの読書を邪魔するなんて畏《おそ》れ多い」

「はあ⁉　畏《おそ》れ多いってどういうこと？」

「いいか、東城《とうじょう》さんは天才なんだ。頭のいい彼女が読書し、さらに頭がよくなることで、人類はさらなる発展を――」

「でもコータのカノジョなんでしょ」

シーッと幸太《こうた》は人さし指を口元に当てていた。周囲を窺《うかが》うが、誰もクリスの発言を聞いた人はいないようだ。

「そのことはマジでトップシークレットだから！」

「へえ、周りには内緒なんだ。なんで？」

「俺と東城《とうじょう》さんじゃ不釣り合いなんだよ。俺と噂《うわさ》になったら東城《とうじょう》さんの名誉が傷付くだろ」

何それ、とクリスは眉を寄せた。

「だったらなんで彼女はコータと付き合ってるのよ。納得がいかないわ！」

「だから俺が東城《とうじょう》さんと付き合えたのは奇跡だって言ってるだろ」

「はあ？　全然わかんないんだけど、付き合ってるのは本当なんでしょ。わたしだったら読書中でもカレシに誘われたら嬉《うれ》しいけどなー」

「それは本当か……？」

「だって、恋人とは一緒にいたいでしょ？　コータは違うの？」

「いや俺だってカノジョと一緒にいたいけど」

「それに学級委員繋《つな》がりで仲良くなったんでしょ？　ここで誘われないほうがカノジョとしては逆にショックっていうか」

「今すぐ誘ってくる」

幸太《こうた》は氷雨《ひさめ》の席に出向いた。

姿勢よく読書をしている彼女を前に立《た》ち竦《すく》む。

（くっ、いざ目の前にすると声が出てこない……！）

読書中の氷雨《ひさめ》に声をかけて、邪険にされた男子は数知れず。これまで幸太《こうた》はそんな愚行を犯したことはない。彼女に話しかけていいのは委員会のときだけと決まっているのだ。

クリスに言われたことを反芻《はんすう》し、幸太《こうた》は勇気を奮い立たせた。

深呼吸し、腹から声を出す。

「読書中、失礼しますっ！」

氷雨《ひさめ》が目を上げる。

その視線に貫かれるより早く、幸太《こうた》は深々と頭を下げた。こうしていれば仮にクリスの見立てが間違っていても、極寒の眼差《まなざ》しで死ぬことはない。

自身の上履きを見つめ、幸太《こうた》は声を張り上げる。

「転校生への校舎案内を学級委員がするように、と先生からお達しがあったようです。それにつきまして東城《とうじょう》さんにもご協力をお願いしたいのですが、ご都合はいかがでしょうか。もしご都合が悪ければ、僕一人でも——」

「行きましょう」

パタン、と本を置く音がした。

幸太《こうた》がそろそろと顔を上げると、氷雨《ひさめ》が静かに立つところだった。

「学級委員はわたしたちの仕事ですから」

(やった……！　東城《とうじょう》さんを誘うのに成功したぞ！)

歓喜を顔中に浮かべ、幸太《こうた》はクリスを振り向く。同盟者にこっそり親指を立ててみせるが。

「……バカ……？」

クリスは白目を剥《む》いて、首を横に振っていた。

幸太《こうた》、氷雨《ひさめ》、クリスの三人で教室を出た。

上級生の教室を紹介しても仕方がないので、案内は特別教室がメインになる。

「こちらが理科室です。おそらく今週の生物の時間で使うでしょう」

「こちらは音楽室です。音楽の授業は毎回ここに集合します」

氷雨《ひさめ》は廊下を先導し、流れるように案内をしていく。幸太《こうた》が出る幕はない。

(あーさすが東城《とうじょう》さん。的確かつ無駄がない。なんて理想的な校舎案内なんだ……)

惚《ほ》れ惚《ぼ》れと校舎案内を聞いていたら、ぎゅむ、と足を踏まれた。

「いっ――!」

幸太《こうた》の声に反応して氷雨《ひさめ》が振り返る。

「豪山寺《ごうざんじ》くん……?」

「な、何でもないよ! どうぞ案内を続けてください」

氷雨《ひさめ》は怪訝《けげん》な目をしたが、すぐに顔を前に戻す。

幸太《こうた》はジロリと横を見た。足を踏んだクリスは素知らぬ顔だ。

「……何すんだよ」

氷雨《ひさめ》に聞こえないよう幸太《こうた》は声を潜める。クリスも囁《ささや》き声《ごえ》で返す。

「……それはこっちの台詞《せりふ》よ」

「……俺が何をした」

「……何もしないから怒ってるのよ。何のために学級委員の仕事を作ったと思ってるの」

幸太《こうた》と氷雨《ひさめ》が仲良くなるためだ。

今のところその目標はまったく達成される気配がない。

「……かといって俺が、東城《とうじょう》さんの素晴らしい案内に口を挟むのもだな――」

「ミス・ウエストウッド」

氷雨《ひさめ》が唐突に立ち止まった。

「今さらですが《アイ・ノウ・イッツ・ソウ・レイト》、英語で案内するべきでしたか《バット・シュドウ・アイ・ハヴ・ユーズド・イングリッシュ》？」

流暢《りゅうちょう》な英語が氷雨《ひさめ》の口から飛び出し、幸太《こうた》とクリスは虚を衝《つ》かれた。

一瞬、沈黙を挟んだだけでクリスが本場の英語で応じる。

「驚いたわ。日本の高校生とは思えない綺麗《きれい》な発音ね」

「わたしはアメリカに八年ほど住んでいました」

「どうりで。だけど、わたしへの案内は日本語でオーケーよ。日本語は五歳のときから勉強しているわ。日本の文化もね」

「そうですか。では、日本語で案内を続けます」

「東城《とうじょう》さんと言ったかしら。ガールズトークをするときだけ英語を使いましょう。横の彼は聞き取れないみたいだから」

クリスは小さく肩を竦《すく》めて、氷雨《ひさめ》に微笑《ほほえ》みかける。

氷雨《ひさめ》は幸太《こうた》をチラと見て、無表情に「はい」と言った。再び氷雨《ひさめ》は背を向けて日本語で案内を始める。

「……おい、何を話したんだ？」

幸太《こうた》には速すぎてわからなかった。元々、英語は苦手だ。知っている単語でもゆっくり発音してくれないと聞き取れない。

クリスはふふっと笑った。

「あの子、仲良くなれそうだわ」

言うなり、クリスは氷雨《ひさめ》の隣に並んだ。そして、「化粧品、何使ってる？」だの「どこの洋服ブランドが好き？」だの訊《き》き始める。

幸太《こうた》は純粋に驚いた。大概の人は氷雨《ひさめ》に話しかけるのすら躊躇《ちゆうちよ》するのに、クリスはまったく物怖《ものお》じしていない。

（クリスは東城《とうじよう》さんがどれだけ凄《すご》いか知らないからなんだろうな……）

そう結論付けて幸太《こうた》は二人の後を追う。

「授業で使いそうな特別教室は以上です」

氷雨《ひさめ》が案内を締《し》め括《くく》ったときだった。

「ねえ、この部屋、何？」

クリスが明らかに他の教室とは違った入り口に目を留めていた。板の段差があり、靴箱が設置されている。

「そこは和室です。茶道部と華道部が活動しています」

「へえ、見てみたい！」

クリスの言葉に氷雨《ひさめ》はほんの少し逡巡《しゅんじゅん》したようだった。

「本来なら和室の利用には先生の立ち合いが必要なのですが……見るだけならいいでしょう」

ここで上履きを脱いでください、と氷雨《ひさめ》は自ら上履きを脱ぐ。

「よかったな、東城《とうじょう》さんは華道部なんだぜ」

幸太《こうた》も和室に立ち入るのは初めてだ。部外者は立ち入り禁止なので普通は入れない。

「え、そうなの？」

「はい」

「そっかー、部活かあ。どこに入ろうかなー。華道部って楽しい？」

「花を活《い》けられるようになって損はないです」

氷雨《ひさめ》が襖《ふすま》を開けると、畳のいい匂いがした。

わあ、とクリスが歓声を上げる。幸太《こうた》もため息を洩《も》らしていた。

高校の施設にしては立派な和室だった。障子の向こうには小さな日本庭園まで広がっていて、なかなかに本格的だ。大和撫子《やまとなでしこ》の見本みたいな氷雨《ひさめ》がここで花を活《い》けていたら、さぞかし絵になるんだろう。

しばし和室をキョロキョロしていたクリスは笑顔になった。

「東城《とうじょう》さん、和室見せてくれてありがとね。すごいよかった」

「いえ、礼には及びません」

「わたしも華道部入ろっかなー。この和室気に入っちゃった。どっかと違って広々してるし」

「うちの和室は激狭《げきせま》で悪かったたな」

思わず幸太《こうた》がツッコんだときだった。

ぞくりと怖気《おぞけ》が走る。

（……何だ？　空気が凍っている……？）

クリスに目を遣《や》ると、彼女は真顔になっていた。あーあ、と言っているようだ。

そして、氷雨《ひさめ》は――

「豪山寺《ごうざんじ》くん？」

その声はシベリアに吹き荒れる雪嵐に似ていた。

氷雨《ひさめ》の鋭利な視線が幸太《こうた》の横顔に突き刺さっている。痛い。怖い。今すぐここから逃げ出したい。

（俺はさっき何を口走った……？）

思い返した幸太《こうた》はようやく気付く。自分がとんでもないミスを犯したことに。

「や、違うんだ、東城《とうじょう》さん！　これには訳があって、クリスは――」

「ク、ク、クリス？」

人生が終わったと思った。

（短かったなー、俺の人生……次に生まれてくるときはもっと頭のいい人間がいいな……東《とう》城《じょう》さんほどの天才じゃなくても、こういうときに墓穴を掘らない頭脳はほしいよな……）

エンドロールを脳内再生して現実逃避する幸太《こうた》。

虚《うつ》ろな目で動かなくなってしまった彼の代わりに、クリスが氷雨《ひさめ》に近付く。

「東城《とうじょう》さん、これ内緒だよ。わたし昨日から豪山寺《ごうざんじ》くんの家にホームステイしてるの」

「ホームステイ……？」

「そう。豪山寺《ごうざんじ》くんのパパと、豪山寺《ごうざんじ》くんとわたしの三人暮らし」

クリスは屈託なく微笑《ほほえ》む。

「豪山寺《ごうざんじ》くんとはホストファミリーってだけだから。東城《とうじょう》さんが気にするようなことは何もないよ？」

「――」

氷雨《ひさめ》はクリスをじっと見ていた。

刺すような視線だが、クリスは動じなかった。笑顔で氷雨《ひさめ》の眼差《まなざ》しを受け止める。

「……わかりました」

先に目を逸《そ》らしたのは氷雨《ひさめ》だった。

「教室へ戻りましょう」

黒髪を翻《ひるがえ》し、氷雨《ひさめ》は足早に和室を出る。

幸太《こうた》がそれに気付き、瞬《まばた》きをした。

（あれ……？　俺、助かった……？）

クリスがポン、と幸太《こうた》の肩を叩《たた》く。

「蘇生《そせい》しといたわよ。感謝しなさい」

「神……!?」


放課後の定例学級委員会。

幸太《こうた》にとってそれは氷雨《ひさめ》と過ごせる最も幸せな時間——のはずだった。

「——」

委員会の最中、幸太《こうた》は幾度も隣の氷雨《ひさめ》を確認する。

（やべえ、今日の東城《とうじょう》さん、全身から白い冷気を発してる……ドライアイスみたいだ……触れたら絶対、火傷《やけど》する……）

彼女がこうなってしまったのは、和室での一件が原因に違いない。別れこそ切り出されなかったものの、氷雨《ひさめ》はまだ幸太《こうた》を許していないのだ。

苦行のような委員会が終わり、氷雨《ひさめ》が手際《てぎわ》よく筆記用具を片付ける。

（これはもしや、一緒に下校もしてくれないパターンか!?）

幸太《こうた》は危ぶんだが、帰り支度を終えた氷雨《ひさめ》は着席したまま動かない。冷気を放っていても、誰かを待っているみたいだ。

恐る恐る幸太《こうた》は声をかける。

「東城《とうじょう》さん……一緒に帰りませんか？」

不機嫌な表情だったが、「はい」と氷雨《ひさめ》は言ってくれた。

二人で下校するときは、他の生徒の目を避けて裏道を通るようにしている。裏道に入ってすぐ、幸太《こうた》は切り出した。

「東城《とうじょう》さん、誤解されたくないから言っておくんだけど」

ドライアイスを纏《まと》う氷雨《ひさめ》は前を向いたままだ。

「本当にクリスとは何もないんだ。ホームステイでうちの和室を使ってるだけなんだよ。昨日、クリスがうちに来るのがいきなり決まって……俺は反対したんだ！　だけど親父《おやじ》が聞かなくて――」

「何もないのは当たり前です」

ぴしゃりと氷雨《ひさめ》は言った。

「あなたが不誠実でないのはわかっています」

「信じてくれてありがとう、東城《とうじょう》さん……！」

「口出しをした第三者とはウエストウッドさんですね」

一瞬、何のことを言われているのかわからず、幸太《こうた》は呆《ほう》けた。

確信した口調で氷雨《ひさめ》は続ける。

「豪山寺《ごうざんじ》くんが昨夜わたしにラインをしたきっかけです」

「……ああ。うん、そうだけど……？」

氷雨《ひさめ》がそっと息をついた。

「ウエストウッドさんはわたしたちの交際を知っているようでした。和室で彼女はわたしを気遣ったんです」

あっ、と思わず幸太《こうた》は声を上げる。

「そうか、ごめん！　昨夜はまさかクリスがうちに転校してくるとは知らなくて……同じ高校じゃないならいいかと……」

なんてことだ。氷雨《ひさめ》の意向を幸太《こうた》は意図せず無視してしまっていたのだ。彼女が怒っているのも当然である。

あわあわする幸太《こうた》に対し、氷雨《ひさめ》は平坦《へいたん》に言う。

「その件は、わたしもウエストウッドさんの秘密を知ったので問題はないでしょう」

「豪山寺《ごうざんじ》くんの家にホームステイしてるのは内緒だと言っていました」

「クリスの秘密……？」

ああ、と幸太《こうた》は頷《うなず》く。

幸太《こうた》の家にクリスがいると知られれば、大変なことになるのは目に見えている。結局、今日の休み時間や昼休みはクリスの周囲から野次馬が絶えなかったのだ。芸能人も楽じゃないな、と思う。

「お互い秘密を握っていれば、吹聴される心配はないでしょう」

「なるほど、東城《とうじょう》さんの言う通りだ！」

ぽん、と幸太《こうた》は手を打つ。

その横で氷雨《ひさめ》は俯《うつむ》いた。肩にかけているスクールバッグをぎゅっと握る。

「……豪山寺《ごうざんじ》くん。そろそろその呼び方やめませんか？」

「呼び方？」

「何故《なぜ》、ウエストウッドさんが愛称で、わたしが苗字《みょうじ》なんですか……？」

思い詰めた声に胸を衝《つ》かれた。

夕陽《ゆうひ》で赤く染まったススキがさわさわと鳴っている。立ち止まった氷雨《ひさめ》。彼女の顔には深い陰が落ちていた。

「呼称には相手への親密度が現れると言います。それだと豪山寺《ごうざんじ》くんにとってわたしは、ウエストウッドさんより――」

「氷雨《ひさめ》さん」

彼女の言葉を遮って。

幸太《こうた》は初めてその名を呼んだ。途端にぶわっと全身が熱くなる。気恥ずかしさに耐えきれず、幸太《こうた》は続けていた。

「……と呼ぶのでいいでしょうか……？」

「ダメです」

「ダメ⁉」

まさかのＮＧ。

氷雨《ひさめ》は威圧感たっぷりに幸太《こうた》を見据える。

「ウエストウッドさんに『さん』は付けてないですよね」

ああうん、と幸太《こうた》はモゴモゴした。なかなかに手厳しい。

「わかったよ、えっと……ひ、氷雨《ひさめ》」

頑張って呼んだにもかかわらず、いつの間にか彼女は顔を背けていた。黒髪から覗《のぞ》く耳が真っ赤になっている。

「と、ところで俺への呼び方も変えてくれないか……？　俺だけ名前で呼ぶって恥ずかしいんだけど」

「わかっています。わたしも変える所存です」

そうは言ったものの、氷雨《ひさめ》の口からすぐに幸太《こうた》の名が出てくることはなかった。

夕陽《ゆうひ》を見つめ、彼女は形のよい唇を開いては閉じてを繰り返す。

やがてススキのざわめきに紛れて、微《かす》かな声がした。

「……こ……こ………くん」

そこまで言った瞬間、氷雨《ひさめ》が夕陽《ゆうひ》よりも真っ赤になった。プシューと頭から立ち昇る湯気が見えるようだ。

やり切った感を漂わせている氷雨《ひさめ》。

迷ったが、幸太《こうた》は言う。

「……あの、すみません。大変申し訳ないのですが」

「な、何でしょう……？」

「ススキがうるさくてほとんど聞こえませんでした。もう一度お願いします」

「～～～～～～っっっ！」

氷雨《ひさめ》が声にならない悲鳴を上げる。

意地悪ではなく、本当に聞こえなかったのだ。たぶんススキがうるさいせいじゃない。氷雨《ひさめ》の声が小さすぎるのだ。

氷雨《ひさめ》はグルグルと目を回し、酸欠みたいに口をパクパクしている。

「で、では、もう一回呼びます……」

「はい、お願いします！」

「……こ……こ……こう……！」

ぎゅっと拳を握り、身体《からだ》を震わせて。彼女は幸太《こうた》を呼ぼうとしてくれている。

名前呼びがそんなに照れくさいだろうか？　こんなにも照れてしまうのは、相手のことが好きだからだ、と思う。

少なくとも幸太《こうた》はそうだ。

クリスのときはすんなり呼べたのに、氷雨《ひさめ》はすぐには呼べなかった。

なら、彼女がここまで苦心しているのは、氷雨《ひさめ》がそれだけ幸太《こうた》を好きだという証《あかし》にならないか――？

「……………こ……たくん」

辛《かろ》うじて聞き取れたときだった。

「な、何でもありませんっ」

すぐさま氷雨《ひさめ》は強い声で打ち消す。

「いや今の何でもなくないよね!?　名前呼んでくれたじゃん！」

「何でもありません。忘れてください！」

頑《かたく》なに言って、氷雨《ひさめ》は一人でずんずんと歩き出してしまう。

ええ……と幸太《こうた》は困惑した。忘れろなんて無茶だ。氷雨《ひさめ》が名前を呼んでくれた一瞬は既に幸太《こうた》の脳内に永久保存されている。それに、名前で呼び合う話はどうなったのか。

女心と秋の空。風に攫《さら》われる彼女の長い髪を幸太《こうた》は呆然《ぼうぜん》と見つめ――。

氷雨《ひさめ》がチラと振り返った。

「帰らないのですか、…………こう、たくん」

頬を染めつつも、懸命に名前で呼ぶ氷雨《ひさめ》。その姿に、ぎゅっと胸が詰まった。

幸太《こうた》は慌てて氷雨《ひさめ》に駆け寄る。そのときふと気付いた。

（あ、ドライアイスが消えてる……）

横を歩く氷雨《ひさめ》との距離が心なしか近い気がする。二人はそのまま駅へ――。

「――で、名前呼びに満足して、コータたちは寄り道もせず駅で解散してきたわけ？」

豪山寺《ごうざんじ》家のダイニングテーブル。

対面に座るクリスは完全に呆《あき》れ顔《がお》になっている。

幸太《こうた》は「そうだが？」と首を傾《かし》げた。

「さも当然のように返さないで。普通のカップルなら、そこで公園なり浜辺なり、景色のいいとこに誘って二人きりの甘い時間を過ごすところよ」

「俺は真面目に付き合ってるんだ。カノジョの帰宅が遅くなって、ご両親が心配したら申し訳が立たんだろう」

「バカ……」とクリスが天を仰いだ。

「コータはバカ真面目すぎるわ。そこはもっと攻めていいところよ。本当にカノジョとの関係を進展させる気あるの？」

「進展ならあったじゃないか！　ついに東城《とうじょう》さんと……あ、いや、氷雨《ひさめ》と名前で呼び合う関係になったんだぞ！」

「それが堂々と言える『進展』かしら……」

「当たり前だ。カノジョに俺の名前を呼んでもらえるんだぜ。これは人類が月面に着陸したのに匹敵する大いなる第一歩だろ！」

「あのねえ……」

クリスは難しい問題に直面したみたいに眉間を揉《も》んでいた。

「確認するわよ。コータの目標は何だったかしら？」

「氷雨《ひさめ》へのプロポーズだ」

「そう！　その通りよ、プロポーズ！　名前呼びからプロポーズまでどれくらい距離があると思ってるの？」

「あー……地球から太陽くらい？」

「名前呼びが地球から月までだったら、プロポーズは太陽系の外よ。コータには一生辿《たど》り着《つ》けないわ！」

クリスはぐいっと幸太《こうた》に顔を近付ける。

「冷静に考えて。友人ですらファーストネームで呼び合っているのよ⁉　二か月も付き合って友達以下の親密度ってどういうこと⁉」

「二か月のうち、一か月以上は夏休みだったんだ。仕方ないだろ」

「え。まさか夏休み、一度もカノジョに会わずに……？」

「俺はバイト漬けだったし、氷雨《ひさめ》は家族旅行や――」

「ウソでしょ――⁉」

悲鳴が豪山寺《ごうざんじ》家に響き渡った。

「夏休みっていったらカップル向けのイベントだらけじゃない！　それを全無視するなんてありえないわっ！」

言うなり、クリスはテーブルに突っ伏した。テーブルに頬を付けたまま彼女は上目遣いで幸《こう》太《た》を見る。

「……ねえ、コータ。いっそわたしとお試しで付き合わない？　恋人関係を理解するためにな⁉」と幸太《こうた》は目を剝《む》いた。

「おい、ふざけてんのか。氷雨《ひさめ》がいるのに、おまえと付き合えるわけないだろ！」

とんでもないことを言い出したクリスに怒りすら覚える。

「大体、お試しって何だよ!?　そんな半端《はんぱ》な気持ちで付き合えるわけ——」

「冗談よ」

げんなりとクリスは言った。

「ああああもうっ、冗・談！　冗談に決まってるでしょ!?　コータがお試しで付き合ったりしないことくらい、わたしが知らないとでも思って!?」

「ど、どうしたんだよ……」

いきなり捲《まく》し立《た》てるクリスに、幸太《こうた》のほうが戸惑う。彼女は手でぐしゃぐしゃとツインテールを乱していた。

「知ってるわよ！　真剣で健全な交際じゃなきゃ嫌なんでしょ。おまけに相手の気持ちを少しも無視したくないんでしょ。リードすると強引にするの区別もつかなくて、カノジョと一緒にいても何も進んでこなかったんでしょ。コータのことなんてぜーんぶお見通しなのよっ！」

「あ、ああ……」

そうなのか？　と思う。そうなのかもしれない。リードと強引の違いは確かに説明できない。

「とにかく、名前呼びで浮かれてる場合じゃないわ。今日学校行ってわかったけど、コータたち恋人どころかクラスメートの域を出てないじゃない。プロポーズできるまで急いで親密度を上げるわよ！」

「と言われても、どうすれば……？」

「わたしに任せなさい。ちゃーんと作戦は考えてるわ」

クリスはニヤリと薄く笑みを浮かべる。その表情は本当に策がありそうだった。


その晩は幸太《こうた》が夕飯を作った。

元々、徹志《てつじ》は店で忙しく、夕飯を用意するのは幸太《こうた》の役目だ。幸太《こうた》は普段通りに二人分の食事を準備する。

「よし、できたぞ。モヤシのおひたしに麻婆《マーボー》モヤシ、モヤシ餃子《ぎょうざ》、モヤシサラダ、モヤシの味《み》噌汁《そしる》だ！」

「モヤシばっか！」

テーブルに並んだ皿を見て、愕然《がくぜん》とするクリス。

「え、この後、何か肉料理とかメインが出てくるのよね……？　夕食がモヤシだけなんて言わないわよね……？」

「今日の夕飯は以上だ」

えーーーとクリスが卒倒しそうになった。

幸太《こうた》は腕を組む。

「モヤシを馬鹿にするなよ。一袋、たった数十円で手に入り、なおかつ栄養価にも優れている。庶民のソウルフードだ！」

「う、うーん、そうかもしれないけど……はあ、いただきます……」

がっくりと肩を落とし、クリスはモヤシ料理を口に運ぶ。

「んんんっ⁉」

一口食べてクリスは目を丸くした。

「あれ？　意外にイケる……？　むしろ、かなりおいしい⁉」

食べる前は渋っていたのに、クリスはばくばくとモヤシを食っている。気に入ってくれたようだ。作った側としては喜んで食べてくれると嬉《うれ》しい。

「ま、昔から料理はしてるからな。上手だとは思うぞ」

幸太《こうた》自身も席に着いて箸を取る。放っておいたらクリスに全部食べられそうだ。

「コータも将来は自分のお店持ちたいの？」

「まあ親父《おやじ》のラーメン屋を継ぐつもりだけど」

「ふーん、じゃあコータがお店出したら、わたしがSNSで宣伝してあげる」

「芸能人が宣伝してくれるのはありがたいな」

モヤシを完食して、クリスはご機嫌な様子で訊《き》いた。

「ところでコータ、デザートは？」

「デザート？　あるわけないだろ」

ピシッとクリスの笑顔が固まる。

「夕食を作って、デザートを作ってないの⁉　そんなことってあるー⁉」

「デザートが必須と思うなよ！　うちにデザートはありません」

「なんてことなの！　急いでケーキを頼まないと」

大慌てでクリスはスマホでデリバリーの店を検索し始める。

幸太《こうた》は眉を寄せた。

「おい待て。——そのケーキ代、誰が払うんだ？」

豪山寺《ごうざんじ》家に沈黙が降りた。

クリスはスマホの画面に目を落としたまま、微動だにしない。

向かいに座る幸太《こうた》はクリスをじっと見つめる。確かこいつは今、財布をなくして一文無しだったはずだ。

クリスが甘えるようにそろそろと上目遣いをした。

「…………コータのポケットマネー？」

「んなもんあるかっ！」

うわあああん、とクリスは幸太《こうた》に泣きついた。

「ケーキっ、ケーキ買ってええええっ。後でおカネは返すから！　十倍にして返すから！」

「ちょ、クリス、やめろって……」

クリスは幸太《こうた》の両肩を摑《つか》み、ガクガクと揺さぶる。幸太《こうた》は激しく前後に揺られ、ボスッと顔面に何かがぶつかった。

（あ、柔らか——）

慌てて幸太《こうた》はクリスを引き剝がした。どうやら彼女は着痩せするタイプらしい。

「ふえええええ、ケーキぃいいい！」とゾンビみたいに縋《すが》りついてくるクリスから逃げるため、幸太《こうた》は家を飛び出した。

◆◆◆

「誤算だったわ……」

夜の児童公園でクリスはベンチにかけ、一人うなだれていた。

結局、幸太《こうた》は夕食後のデザートを用意してはくれなかった。クリスの財布は今頃、海の底。

現金を少しでも手元に残しておけばよかったと悔やんだが、後の祭りである。

「うわあああああん、デザートぉぉおお——！」

幼い子供のようにクリスが泣き声を上げたときだった。

「……和栗《わぐり》と洋梨のケーキでございます」

　クリスの目の前に美味《おい》しそうなケーキが現れた。

　はっと首を回し、クリスはその人物を認める。

「ホオズキ！」

　忽然《こつぜん》と現れた漆黒のメイドはベンチの傍《かたわ》らに佇《たたず》み、ケーキ皿を差し出していた。

「……東城《とうじょう》氷雨《ひさめ》の身辺調査について中途報告に参りました」

「待っていたわ。レポートを見せてちょうだい」

　ホオズキは分厚い紙束を主に手渡す。

　早速ケーキを口に運びながら、クリスは情報に目を通す。

「へえ、あの子の身内が豪山寺《ごうざんじ》ラーメン店の大家なのね。コータはそのことを知っているのかしら？」

　氷雨《ひさめ》の祖父が所有しているビル。その一階に豪山寺《ごうざんじ》ラーメン店が入っていた。

　大家の孫娘だから幸太《こうた》は氷雨《ひさめ》に頭が上がらないのか——その可能性を考え、クリスは首を振った。おそらく違う。彼はただ単にバカ真面目なだけだ。恋人としての接し方を知らないだけ。

「他にコータとの接点は、幼稚園が同じくらいね。ハーバードを卒業して日本の高校に入るなんてクレイジーだわ。一体、何を考えているのかしら」

「……ハーバードで彼女と親しかった人間と接触しました。その者が言うには、彼女には日本に婚約者がいる、と」

「婚約者ですって⁉」

ケーキが気管に入りそうになった。

むせかけたクリスの背をホオズキが叩《たた》く。

「……東城氷雨《とうじょうひさめ》には親同士が決めた婚約者がいるようです。相手の身元は現在、調査中です」

「わたしやコータと同じ境遇ってわけね。……ふーん、なんで彼女がコータとの交際を周囲に隠すのかなんとなく読めたわ」

婚約者がいるのに、恋人がいると知れたら不都合なのだろう。親の耳に入れば、幸太《こうた》とは別れさせられかねない。

「ということは、コータのプロポーズは絶対に成功しないわね」

クリスは仄暗《ほのぐら》い笑みを浮かべた。

「コータやわたしがいくら頑張っても結末は変わらない。好都合だわ」

「……プロポーズさせずとも、二人を別れさせればよろしいのでは？　和室でお嬢様が『三人暮らし』などとフォローしなければ、あの二人はこじれたままだったと思われますが」

高校の和室にいたのは幸太《こうた》、氷雨《ひさめ》、クリスだけだ。そこでの会話を当たり前のように知っている優秀なメイドに、クリスは唇で弧を描いた。

「ホオズキ、あなた恋をした経験は？」

「……………」

「好きな人を諦めるって、並大抵のことじゃないのよ」

それはクリス自身が恋をしてわかったことだ。

幸太《こうた》の心が氷雨《ひさめ》にあると理解してもまだ、クリスは幸太《こうた》を諦められない。

そしてそれは、幸太《こうた》にも同じことが当てはまる。

「今、半端《はんぱ》な策を弄してあの二人を破局させても、コータの心は東城氷雨《とうじょうひさめ》に残ったままだわ。

それじゃ意味がないのよ」

好きな人以外と結婚する気はない。

幸太《こうた》はそう言った。クリスがゴールインするには、まず幸太《こうた》の心を氷雨《ひさめ》から離さなければならない。

「……では、和室で豪山寺幸太《ごうざんじこうた》の失言を促したのは――」

「あれはカノジョを焚《た》きつけるためよ。コータの傍《そば》にこんな美少女がいると知れば、カノジョとしては嫌でも危機感を覚えるでしょ」

実際、それで進展はあったのだ。名前呼びというなんともお粗末な進展だが。

「とにかくコータに全力でプロポーズさせるのよ。彼がこれ以上できないと思うくらい、手を尽くさせるの。彼は懸命に東城氷雨《とうじょうひさめ》にアプローチして、最終的に拒絶されるのよ」

フォークについた生クリームを舐《な》め取り、クリスは空っぽの皿をメイドに差し出した。

「人は全力でやってダメなら、諦めがつくものでしょう?」

「……流石《さすが》でございます」

ホオズキが恭《うやうや》しく食器を受け取った。

「プロポーズ作戦はわたしとコータの共同作業。それが上手《うま》く進めば進むほど、コータはわたしを認めてくれるわ。そして、コータが失恋したとき、傍《そば》にいるのは同盟者のわたし」

勝利への道筋は見えた。

ベンチを立ったクリスは、頭上の月に微笑《ほほえ》む。

「――さあ、作戦開始よ」

三章 バカ真面目のお家デート

満員の電車内。

くあぁ、と幸太《こうた》は何度目かわからない欠伸《あくび》を洩《も》らした。

「もうコータ、作戦前なのに緊張感がないわよ」

見かねたクリスが頬を膨らませる。

作戦前。「作戦があるから」と幸太《こうた》は今朝、普段より一時間も早く起こされ、電車に乗せられたのだった。おかげで眠くて堪《たま》らない。

電車のドアを背に立つ金髪少女は、今日もばっちり今時のＪＫだ。ただ一つ違和感があるのは――

「グラサン……」

クリスは海外セレブみたいにグラサンをかけていた。いや実際、海外セレブなんだが。

妙にグラサンが似合っているＪＫは肩を竦《すく》める。

「公共の場所で、なかなかこれ外せないのよね。ほらわたし、ＳＮＳでもフォロワー五千万人だし？」

「日本の人口って何人だっけ？」

「一億二千万人よ」

（日本人口の四割と同じ数って……フォロワー数やべーな）

そう思ったときだった。ガタンッと電車が揺れ、幸太《こうた》は咄嗟《とっさ》にドアに手をつく。

「っと、大丈夫か？」

幸太《こうた》が防波堤になっているため、クリスは押し潰されていないはずだ。見ると、クリスの頬が紅潮していた。

「満員電車、生まれて初めて乗ったわ」

「どんだけお嬢様なんだ。満員電車の感想は？」

「……最高ね」

マジかよ⁉　と幸太《こうた》は呻《うめ》いた。

「おいおい、日本中探しても満員電車を最高と言う奴《やつ》はおまえだけだと思うぞ。どこら辺が最高なんだ？」

「……え、だって……」

クリスは珍しく言《い》い淀《よど》む。と、またカーブに差しかかり、電車が大きく揺れた。

「っ！」

後ろから押され、自然と二人の身体《からだ》が重なった。クリスが幸太《こうた》のシャツを摑《つか》む。しがみつくみたいに彼女は幸太《こうた》の肩口に頬を寄せた。

「だって、こうしてコータに抱きつけるもの」

「おい!?」

「冗談よ」

ぱっと手を放し、クリスは悪戯《いたずら》っぽく笑った。それでも満員電車の中だ。幸太《こうた》とクリスの距離は依然として近い。

間近でクリスは囁《ささや》いてくる。

「こうやってカノジョに摑《つか》まらせてあげるとポイント高いわよ」

幸太《こうた》は普段の氷雨《ひさめ》を思い返して、頭をかいた。

「東《とう》……氷雨《ひさめ》が俺に摑《つか》まる姿は想像しづらいんだが。そもそも一緒に電車に乗らないし」

「ねえコータ。機会は作るものよ」


クリスに連れられて降りたとこは普段使わない駅だった。気が付けば、学校とは全然違う方向に来ていたらしい。

「で、作戦というのは?」

怪訝《けげん》な幸太《こうた》に、クリスは人さし指を立てる。

「コータたちの親密度が低い原因。それは純粋に、接する時間が少ないからだと思うのよね」

「接する時間が少ない……？」

「そう。コータ、カノジョと普段、いつ話してるの？」

「いつって、月一の定例委員会とその帰りだが」

「それだけだとカノジョと月に一回しか話してないってことに……？」

「あとは学級委員の仕事があるときだ。週に一回は話すぞ」

クリスが肩を落とし、ふぅぅーと長い息を吐き出した。

「……よくそれであなたたち、恋人同士なんて言えたわね」

「普通は違うのか？」

「違うわよ！　恋人が同じクラスにいたら、毎日話すでしょ⁉　わたしだったらそうするわ。休み時間は一緒におしゃべりして、昼休みは彼の作ってきたお弁当をシェアして、放課後は商店街を二人でぶらぶらして……」

言いながら想像しているのかクリスの頬は染まっていた。ニヤけた表情のクリスに、幸太《こうた》は瞬《また》く。

幸太《こうた》の視線に気付き、クリスはコホンと咳払《せきばら》いした。

「と、とにかく、仲良くなるには会話するのが基本！　ここまでオーケー？」

「オーケー。つまり俺は氷雨《ひさめ》と毎日話せばいいと――」

「あっそろそろ時間よ」

幸太《こうた》を遮り、クリスは離れた改札に目を向ける。

「今から五分以内にあの改札から東城《とうじょう》さんが現れるわ」

「え⁉」

エスパーかよ、と思った。

クリスは不敵に微笑《ほほえ》む。

「超能力じゃないわ。東城《とうじょう》さんの最寄り駅と登校時間がわかれば誰でも推測できることよ」

「おまえ、いつの間に氷雨《ひさめ》の最寄り駅を知ったんだよ……」

「むしろ何故《なぜ》コータが知らないのかしら？　そっちのほうが問題だわ」

グラサンの隙間からクリスは手厳しい視線を向けてくる。

「結局のところ、コータたちは一緒に過ごす時間が少なすぎて会話が足りてないのよ。お互いを知らないから、親密度も上がらないってわけ」

「もっともな意見だが、俺の言い分も聞いてくれ。氷雨《ひさめ》との関係を周囲に秘密にしている以上、教室で公然と話すわけにもいかず――」

「だから朝の登校時間を活用するんでしょ」

ようやくクリスの作戦を理解した。

ほう、と感嘆した幸太《こうた》に、同盟者の少女は口角を持ち上げる。

「コータが早起きすれば、毎朝カノジョと一緒に登校できるわ。駅で偶然会ったクラスメートと登校するのって、何も不自然じゃないでしょ？」

「なんて完璧な作戦……！」

「ほら、東城《とうじょう》さんが来たわ」

幸太《こうた》は改札を見た。

朝のラッシュの中にあっても氷雨《ひさめ》は目立っていた。

艶《つや》やかな長い髪を揺らし、凛《りん》と背筋を伸ばした女子生徒。身が引き締まるような冷たい空気を纏《まと》い、通行人すら彼女に道を空けている。

その様《さま》に目を奪われていると、ポン、と背中を叩《たた》かれた。

「早くしないと見失うわ。行ってきなさい」

「あ、ああ……」

幸太《こうた》は柱の陰から足を踏み出す。いざ氷雨《ひさめ》の元へ向かおうとすると緊張してきた。

（氷雨《ひさめ》には事前にラインをしておくべきだったんじゃないか……？　突然話しかけて迷惑ではないだろうか……いやそもそも最寄り駅まで来てることに引かれやしないか……？）

不安に駆られた幸太《こうた》の足は止まってしまう。

濁流の真ん中に取り残された小石のごとく、立ち止まった彼を駅の雑踏が呑《の》み込もうとしたとき、

「コータ！」

呼ばれて振り返る。

「ファイトっ！　頑張って！」

クリスは笑顔で両腕をぶんぶんと振っていた。

……妙に勇気が出た。ここまで付き添ってくれたクリスの労力を無駄にさせるわけにはいかない、という気持ちも働く。

励ましてくる同盟者に、幸太《こうた》は頷《うなず》きを返す。

そして彼は、ホームの階段を上る氷雨《ひさめ》に駆け寄った――。

◆◆◆

学校に向かう満員電車の中。

クリスは隣の車両から幸太《こうた》と氷雨《ひさめ》の様子を窺《うかが》う。

人混みの中、二人は身体《からだ》を寄せ合っていた。幸太《こうた》も氷雨《ひさめ》も初々《ういうい》しく赤面している。氷雨《ひさめ》の手は幸太《こうた》の制服の裾をちゃっかり握っていた。

クリスは下唇を噛《か》む。

（想像できないとか言ってたくせに、ちゃんと実践してるんじゃない）

電車が揺れて、近くに立っていた乗客の腕がツインテールを乱す。ギロ、と視線を向けるが、誰も彼も素知らぬ顔だ。

「はあ、最悪」

満員電車でも幸せそうな恋人たちを睨《にら》み、クリスは独りボヤいた。

＊＊＊

「大変なことになった、クリス！」

休み時間。

幸太《こうた》はラインでクリスを空き教室に呼び出した。

今日もクリスの周囲には芸能人を物珍しがる生徒たちが群がっている。とても幸太《こうた》が教室で話しかけられる状態ではない。

「どうしたのよ、血相変えて。今朝の一緒に登校作戦は成功したんじゃないの？」

クリスは窓枠にもたれ、ツインテールをいじっていた。

アンニュイな表情が様《さま》になっている。写真集の一ページになりそうな情景だったが、幸太《こうた》はそれどころではなかった。

「今朝の作戦は成功だった。氷雨《ひさめ》は俺の制服に摑《つか》まってくれたし——」

「ああそう、それはよかったじゃない」

「だが、話の流れで今日の放課後、氷雨《ひさめ》がうちに遊びに来ることになったんだよ！」

「へえ……」

　クリスは眉を持ち上げ、ボソっと呟《つぶや》いた。

「――意外と嫉妬深いのね」

「嫉妬？」

「気にしないで、こっちの話よ」

　ヒラヒラと手を振って一転、クリスは笑顔になる。

「やったわね、コータ。カノジョを家に招くなんて、親密度を上げる大チャンスよ」

「おいクリス、それは本気で言ってるのか……？」

「いわゆる、お家《うち》デートでしょ。いいじゃない。なんでコータが悲観しているのかさっぱりわからないわ」

　心底、不思議そうなクリスに、幸太《こうた》は「あああっ！」とくずおれた。

「ダメだろ、ダメに決まってる……！　うちの部屋を思い出してみろ。生活感丸出しだぞ⁉　うちが貧乏なのもバレバレだし！」

「お家《うち》デートなんだから、生活感が見えて当たり前でしょ。経済状況は事実だから仕方ないんじゃない」

「昨日、家の掃除してないんだよ！　氷雨《ひさめ》はきっと几帳面《きちょうめん》で潔癖で一つの塵《ちり》も絶対に許せないタイプだ。汚い部屋を見られたら嫌われるぞ」

「コータの勝手なイメージで彼女を決めつけないほうがいいと思うけど」

「氷雨《ひさめ》が来るなら、うちの雰囲気をもっとオシャレにしないと。デートに適切な空間、みたいなのがあるだろ⁉」

「話をまったく聞いてないわね……」

クリスが呆《あき》れたようにため息をついた。

「家の状態が気になるなら、どうしてカノジョが来るのを断らなかったのよ」

「断れなかったんだよ！　氷雨《ひさめ》がどうしてもって引かなくて……家に遊びに来たいなんて今まで一度もなかったのに……」

「ふふっ、早速作戦の成果が表れてきたようね」

「作戦の成果？」

「コータが今朝、カノジョと話すことで親密度が少し上がったから、カノジョがデートを誘ってきたんでしょ」

自信満々に断言するクリス。

幸太《こうた》は納得した。

「そういうことか……！」

「わたしたちの作戦は間違っていなかったのよ。これから一つずつ彼女とのイベントをこなして親密度を上げていくわよ」

「よし！　って、なおさらこのデートは失敗できなくないか？」

「もちろん。初デートを失敗したカップルに未来はないわ」

「どうすんだよっ！」と幸太《こうた》は悲鳴混じりの声を上げた。よりにもよって初デートの舞台が自宅とは。幸太《こうた》は頭を抱える。

「落ち着いて、コータ。あなたには誰がついていると思っているの？」

幸太《こうた》は顔を上げた。

窓越しに広がる青天をバックに、クリスは勝利の女神のように微笑《ほほえ》んでいる。

「……世界のクリスティーナ・ウエストウッド」

そうよ、と彼女は口角を持ち上げた。

「コータの望みを叶《かな》えてあげる。わたしに任せなさい」

放課後、幸太《こうた》は氷雨《ひさめ》を連れて帰っていた。

「今日は無理を言って、すみませんでした」

豪山寺《ごうざんじ》家の最寄り駅から降りてしばし。氷雨《ひさめ》がぽつりと零《こぼ》し、幸太《こうた》はびくっとした。

「な、なんで氷雨《ひさめ》が謝るの⁉」

「幸太《こうた》くんがずっと黙っているので、怒っているのかと」

「怒ってる⁉」

素っ頓狂な声が出た。どうして自分が氷雨《ひさめ》に対して怒るというのか。

「突然、お家《うち》にお邪魔することになり、ご迷惑でしたでしょうか」

「違うよ！　黙ってたのは、怒ってるとかじゃなくて！」

慌てて言い募る幸太《こうた》。

「念願の初デートだから、嬉《うれ》しくて緊張してて……」

本当だ。さっきから幸太《こうた》は初デートの歓喜と不安、緊張がぐちゃぐちゃになって、氷雨《ひさめ》に話題を振る余裕は一ミリもない。

誰もいない田舎道で二人の足音が静かに鳴る。

そうでしたか、と氷雨《ひさめ》は平坦《へいたん》な声で言った。

「わたしも幸太《こうた》くんと、その、デートできて、う……うぅ……」

足音に紛れて氷雨《ひさめ》が何か言おうとしている。

横を見ると、彼女の耳が真っ赤になっていた。幸太《こうた》は彼女の声を聞き取るべく顔を寄せる。

「えーっと、デートが何？」

「で、ですからっ、デートが、わたしも、うっ……うぅぅ……うれ……！」

ブオォ――――ンとバイクが勢いよく幸太《こうた》たちを追い抜かしていった。氷雨《ひさめ》の声は全然聞こえなかった。排気ガスのにおいが鼻につく。

「……ごめん、氷雨《ひさめ》。何だって？」

「な、何でもありませんっ」

撥《は》ね退《の》けるように言い、彼女はずんずんと歩いていってしまう。猫みたいに髪の毛が逆立っていた。怒っているのは氷雨《ひさめ》のほうじゃないかと思う。

先を行く彼女の背に幸太《こうた》は言った。

「あ、氷雨《ひさめ》。こっち曲がるけど」

プスプスと頭から湯気を出し、氷雨《ひさめ》が戻ってくる。

「もうすぐうちに着くからさ。あの、さっきも言ったけど、ほんとにうち、古いアパートだから期待しないで」

「大丈夫です。ウエストウッドさんがホームステイしているんですよね？」

「う、うん……そうだけど？」

「でしたら問題ありません」

毅然《きぜん》とした面持ちで氷雨《ひさめ》は幸太《こうた》の後をついてくる。

（なんでクリスが基準……？　大富豪のクリスが住んでるなら、そこまでひどい家じゃないだろう、という読みか……？）

幸太《こうた》が考えている間にアパートに着いた。

アパートのドアを前にして、幸太《こうた》は深呼吸した。クリスの言葉を思い返す。

『いい？　家に着いたら、コータはわたしの指示に従うだけでいいわ。それでお家《うち》デートは成功するわよ』

指示に従え、と言うが、どうやって指示が来るのか幸太《こうた》は聞いていない。幸太《こうた》たちのデートが終わるまでクリスは帰ってこない手筈《てはず》なのだが。

（ここまで来たんだ。同盟者《クリス》を信頼するしかない）

腹を括《くく》った幸太《こうた》は鍵を挿し込んだ。いざ、ドアを開け——。

「…………」

撮影スタジオかと思った。

キッチンには白いソファーとガラステーブルが置かれている。壁際《かべぎわ》には観葉植物や愛らしいぬいぐるみが配置され、カーテンはハートを多用したラブリーなものに替わっていた。キッチンの棚にはカラフルな食器が並んでいる。

（これは、俺《おれ》ん家《ち》、か……？）

思わず表札を確認してしまう。

見知った家具が一つもなければ確認したくなるだろう。確かにそこは豪山寺《ごうざんじ》家だった。

室内の色調はピンクや白がメインで、部屋には甘い雰囲気が漂っている。変わり果てた我が家に、幸太《こうた》は立《た》ち竦《すく》んだ。

（この部屋、クリスがやったんだよな……？　オシャレになったのは間違いない。だけど、氷《ひ》雨《さめ》の趣味的にこの部屋はどうなんだ？　氷雨《ひさめ》はピンクとか好きじゃないだろ！）

幸太《こうた》の勝手なイメージだが、氷雨《ひさめ》は大人っぽいものを好みそうだ。この部屋を喜ぶとは思えない――。

「どうしたんですか、幸太《こうた》くん」

横から氷雨《ひさめ》が首を伸ばす。

「あっ、いや……」

部屋を隠そうとしたが遅かった。氷雨《ひさめ》は部屋を目にするなり、息を呑《の》んでしまう。

（しまった！　やらかした！）

幸太《こうた》が内心で頭を抱えたときだった。

「なんて可愛《かわい》らしいお部屋でしょう……」

高揚した彼女の声がした。あれ？　と思う。

恐る恐る窺《うかが》うと、氷雨《ひさめ》は目を見張っていた。部屋を見つめる瞳が晴れ渡った夜空のように輝いている。

（もしかして、気に入ってくれた……？）

自分の予想が外れて戸惑う幸太《こうた》。

「こんな素敵なお家《うち》で幸太《こうた》くんはウエストウッドさんと住んでいるのですね」

え、と幸太《こうた》は言う。

氷雨《ひさめ》はジロ、と横目で幸太《こうた》を見た。

「う、うん……そうだけど?」

「お邪魔します」

頑《かたく》なな声で氷雨《ひさめ》は言った。敵地に踏み込む武将のように顔を引き締めた彼女は、玄関で靴を脱ぐ。

「ど、どうぞ……」と幸太《こうた》は返すしかなかった。


(自分の家なのに知らないものだらけってどういうことだ……?)

幸太《こうた》は自宅で立ち尽くす。

これじゃまるでフルリフォームだ。

今朝まであったダイニングテーブルとイスはなくなっている。代わりに二人掛けのソファーが一脚と小さなガラステーブルがあった。

氷雨《ひさめ》はカバンを足元に置き、ソファーに背筋を伸ばして座っている。

「幸太《こうた》くん」

氷雨《ひさめ》の視線が刺さり、幸太《こうた》はビクついた。

「な、何でしょうか？」

「大変失礼ながら、お洒落《しゃれ》なお部屋でびっくりしました」

「え……」

「わたしの勝手な想像ですが、幸太《こうた》くんのお家《うち》はもっと生活感があると思っていました」

「あ、いや……」

「これではわたしの部屋のほうが汚いと言わざるを得ません」

「そ、そんなことないと思うよ!?」

「もしやと思うのですが」

氷雨《ひさめ》の瞳がギラリと鈍く光る。

「このお部屋はウエストウッドさんが清掃されたのですか？」

喉元に刃《やいば》を突きつけられたような気分だった。「あ、ぅ……はぃ……」と幸太《こうた》は言ってしまう。彼は嘘《うそ》をつけなかった。

「そうですか」

平坦《へいたん》な声がした。しかし、それは激情を押し殺した平坦《へいたん》さだ。

「今日からわたしは心を入れ替えて掃除に励む所存です」

一方的に宣言した氷雨《ひさめ》は室内を睨《にら》んでいる。彼女から陽炎《かげろう》のように白い冷気が立ち昇っていた。

（マズいぞ、なんか氷雨《ひさめ》の機嫌が悪くなってる……！）

「ああの氷雨《ひさめ》。飲み物、何がいいかな……？　緑茶、コーヒー、他に要望があるなら何でも用意するよ！」

「コーヒーでお願いします」

了解！　と幸太《こうた》はキッチンに立った。

いつものカップを取ろうとした幸太《こうた》は、そこにメモ用紙が貼り付けてあるのを見る。


『使用禁止。↓』


（何だこれ……？）

筆跡からクリスが書いたのだとわかる。

これが「指示」なのだろうか。指示によれば、このカップは使うなと言っている。

矢印に従って下を見ると、マグカップが二つあった。大小のハートがたくさんプリントされていて、ピンクと青で色違いになっている。

（これを使え、ということか）

幸太《こうた》はインスタントコーヒーを二つ作り、ピンクのほうを氷雨《ひさめ》に出した。「ありがとうございます」と言った氷雨《ひさめ》は、角砂糖をいくつも入れ始める。

意外だな、と思った。氷雨《ひさめ》はブラックで飲みそうなのに。

そんなことを考えていると、氷雨《ひさめ》が幸太《こうた》の手元に目を留めた。

「……カップ、お揃《そろ》いですね」

「ああ、うん」

「幸太《こうた》くんとウエストウッドさんはいつもこのカップを使っているのですか？」

「え？」

「お二人は日常的にお揃《そろ》いのマグカップを使っているのかと訊《き》いているのです」

氷雨《ひさめ》の冷気が勢いを増していた。

熱いコーヒーすら凍《い》てつかせる眼差《まなざ》しを浴びて、幸太《こうた》は震える。「いや、そんなことは……」

と言いつつ、幸太《こうた》は内心で叫んでいた。

（おいどうすんだよ、クリス！　おまえの指示でマグカップを使ったらこんなことに……！）

俯《うつむ》いてカップを見つめる幸太《こうた》に、氷雨《ひさめ》は追い打ちをかける。

「では、このマグカップは何ですか？　お二人で使わないなら何故《なぜ》──」

「『これは氷雨《ひさめ》と使おうと思って用意してたんだよ』」

「っ⁉」

氷雨《ひさめ》が驚いた顔になった。

言った幸太《こうた》も驚いていた。何故《なぜ》ならその言葉は幸太《こうた》が考えた台詞《せりふ》ではなく、カップに書いてあったからだ。

「『いつか氷雨《ひさめ》をうちに招待したとき、使いたいと思ったんだ。だからこれは新品だよ』」

マグカップにプリントされた大小のハート型。それをじっと見ていると文字が浮かび上がってきたのだ。そういう仕掛けが施されたデザインだった。

(何だ、このマグカップは……？　このデートのためだけの特注品なのか!?)

カップを特注したのもさることながら、書いてある内容にもびっくりだ。

このカップを使ったとき、氷雨《ひさめ》が何を言うかクリスにはわかっていたことになる。でなければ、こんな仕掛けはできない。幸太《こうた》は呆然《ぼうぜん》とカップを見つめる。

「……すみませんでした」

氷雨《ひさめ》はソファーで身体《からだ》を縮こまらせていた。冷気はすっかり引っ込んでいる。

「幸太《こうた》くんの意図を汲《く》めず、わたしは……」

「ああ謝らないでいいんだ！　氷雨《ひさめ》が嫌な気分になってなければ俺はいいから」

ね、と幸太《こうた》は彼女を宥《なだ》める。

氷雨《ひさめ》が眉を下げた。

「幸太《こうた》くん、座らないのですか？」

さっきから幸太《こうた》は立ちっぱなしである。というのも、座る場所がないのだ。

ソファーは二人掛けだが、非常に狭い。氷雨《ひさめ》の隣に座ったら、確実に二人の身体《からだ》は触れ合ってしまう。

(まだ俺たちは付き合って二か月。今日が初デートだ。密着して座るなんて不健全はまだ許されないだろう。ここは紳士的に玄関マットにでも座るか)

自らの紳士的行為を疑わず、幸太《こうた》は玄関マットに膝をつき、

(ん……?)

何かが膝に当たった。

毛の長い玄関マットを手で探ると、丸められたメモが見つかる。それを広げた。

『玄関マットに座るの禁止。不健全とか考えず、さっさと彼女の隣に座りなさい!』

(俺の思考を読まれている!?)

ぎょっとした幸太《こうた》に、氷雨《ひさめ》の声がかかる。

「どうかしたんですか、幸太《こうた》くん?」

「や、玄関マットにゴミがあったから……」

言いながら幸太《こうた》はメモをぐしゃりと握り潰した。ポケットにそれを突っ込む。

「えっと、その、氷雨《ひさめ》」

幸太《こうた》はソファーを前に口ごもる。彼女の横のスペースは見れば見るほど激狭《げきせま》だ。

（席はやっぱりマズいよな……せめて肘置きに座ろう……）

幸太《こうた》が肘置きに手をかけたときだった。クッションと肘置きの隙間からメモが覗《のぞ》く。

『肘置きに座るの禁止。隣に座るくらい平気よ！　意識しすぎっ！』

（どこまであいつはお見通しなんだよ！）

幸太《こうた》は畏怖すら覚えた。

氷雨《ひさめ》が首を傾《かし》げる。

「幸太《こうた》くん……？」

「あー氷雨《ひさめ》、その、隣に座っても、いいかな……？」

「どうぞ」

素っ気ない返事が来た。

許可が出たなら大丈夫だろう。幸太《こうた》はそっと彼女の横に腰を下ろす。

身体《からだ》が触れ合うと、氷雨《ひさめ》の背筋が一層伸びた。

「……」

「……」

二人とも黙りこくる。

氷雨《ひさめ》とゼロ距離で幸太《こうた》は緊張していた。お揃《そろ》いのマグカップを持っているのも、いろいろ想像してしまう。これではまるで彼女と一緒に暮らしているみたいだ。

隣をチラと見ると、氷雨《ひさめ》の横顔が真っ赤になっている。

（氷雨《ひさめ》も俺と同じことを考えている……？　んなわけないか）

都合のいい考えを幸太《こうた》は頭から払った。

そのときふと冷蔵庫にメモがあるのを見つける。


『お茶菓子あるよ』


「あ、氷雨《ひさめ》。お菓子あるから出すよ」

幸太《こうた》は冷蔵庫に向かう。なかなかに大きな箱が入っていた。それを開けると、掌《てのひら》に収まりきらないサイズのシュークリームが四つ現れる。

幸太《こうた》は箱の背面に貼ってあるメモを読んだ。

「『氷雨《ひさめ》が好きかと思ってシュークリームを買っておいたんだ』……？」

「っ！」

氷雨《ひさめ》がぱちぱちと瞬《またた》く。

「幸太《こうた》くん、わたしの好物を憶《おぼ》えてて……？」

え、と思う。

(氷雨《ひさめ》と好きな食べ物の話をしたことあったっけ?)

なかったはずだ。氷雨《ひさめ》の好物を知ったら憶《おぼ》えているはずなのに。

よくわからなかったが、幸太《こうた》は曖昧に頷《うなず》いて誤魔化《ごまか》した。

「あ、ああ、四つとも味違うみたいだから好きなの選んで」

カスタード、抹茶、チョコレート、イチゴの四種類。氷雨《ひさめ》はイチゴを選び、幸太《こうた》は一番甘くなさそうな抹茶をチョイスする。

「いただきます」

氷雨《ひさめ》がシュークリームを包んでいた紙を開いて、口に運ぶ。隣で幸太《こうた》もそれにかぶりつこうとして、

「……」

シュークリームの包み紙の内側にメモが貼ってあった。

『彼女と一口交換しなさい』

(いやいや、どうして俺が抹茶味を選ぶってわかったんだよ……氷雨《ひさめ》が抹茶を選ぶ可能性だってあったんだぞ⁉)

背筋が冷える。クリスは本物の超能力者じゃないだろうか。幸太《こうた》も氷雨《ひさめ》も自分の意思で行動しているはずなのに、まるですべてクリスに操られているみたいだ。

「幸太《こうた》くん、どうしましたか……？」

気付けば、氷雨《ひさめ》がじっとこっちを見ている。冷や汗を拭った幸太《こうた》は「何でもないよ」とシュークリームを齧《かじ》った。

（どうしてクリスが俺のチョイスを当てたのかはともかくとして、だ。シュークリームを一口交換しろ、だと……？）

それにどんな意図があるのか幸太《こうた》にはわからない。だが、クリスの指示通り彼は言った。

「氷雨《ひさめ》、イチゴ味、一口くれないか？　俺のも一口あげるから」

途端に氷雨《ひさめ》の身体《からだ》がピクっと跳ねた。

食べかけのシュークリームを手に、彼女は固まってしまう。彼女の逡巡《しゅんじゅん》する気配がビンビン伝わってくる。そんなにイチゴ味を独り占めしたいのだろうか？

「あーいや、嫌だったらいいんだ。気にしないでくれ」

「いえ！」

氷雨《ひさめ》が大きな声を出した。胸に手を当てスーハーと深呼吸をした後、彼女は意を決して幸太《こうた》にイチゴ味を差し出す。

「……どうぞ」

ありがと、と幸太《こうた》はそれを受け取った。

そして彼は、二つのシュークリームを手にキッチンへ向かう。氷雨《ひさめ》が瞬《また》いた。

「え。あの、幸太《こうた》くん。何を……？」

「ん？　一口分、交換するんだろ。ちょっと待ってて。すぐ切るから」

幸太《こうた》はシュークリームを包丁で切り分ける気満々だった。まだ口を付けてない部分をカットするつもりでいる。

ぽかん、と氷雨《ひさめ》が呆気《あっけ》に取《と》られた。

「えっと……柔らかいものを包丁で切るのは至難の業《わざ》ですが……？」

「大丈夫！　うちの包丁、ちゃんと研いでるから」

日々、料理をする者として包丁の手入れはきちんとしている。シュークリームでも綺麗《きれい》に切れる自信が幸太《こうた》にはあった。

幸太《こうた》はキッチンの棚を開ける。

包丁の柄にメモが貼ってあった。

『一口交換ってのは間接キスのことよ！　バーカ、バーカっ!!』

「……」

ぶわっと汗が全身から噴き出した。

(え、そういうこと……?)

何てことを氷雨《ひさめ》に提案してしまったんだ、と思う。何故《なぜ》、氷雨《ひさめ》が逡巡《しゅんじゅん》していたのか、もっとよく考えるべきだった。

「……幸太《こうた》くん、包丁で切らなくていいですよ」

硬直している幸太《こうた》に、氷雨《ひさめ》が消え入りそうな声で言った。

「わたしは、その……構いません……」

彼女はぎゅっと両手を握り締め、ソファーで俯《うつむ》いている。長い黒髪から覗《のぞ》く顔が真っ赤になっていた。

幸太《こうた》は棚を閉めた。シュークリームを手にソファーに戻る。抹茶味を氷雨《ひさめ》に差し出すと、彼女はそれを受け取った。

氷雨《ひさめ》が包み紙に顔を埋《うず》める。

それを横目で見て、幸太《こうた》もイチゴ味のクリームに口を付けた。

(甘……)

もはや味の違いなどわからない。

それでも二人は食べ続けた。火照《ほて》った身体《からだ》は少しでも冷たいお菓子を欲《ほっ》していた。

◆◆◆

お家《うち》デートが終わったのを見計らって「ただいまー！」とクリスは豪山寺《ごうざんじ》家のドアを開ける。

と、ソファーで身体《からだ》を投げ出している幸太《こうた》の姿が目に入った。

一目でわかる。これは何か、カノジョと大きな進展があったのだ。

数瞬遅れて幸太《こうた》は「おかえり」と言った。

ローファーを脱ぎ捨て、クリスはソファーに座る。小さめのソファーだから座るだけで幸太《こうた》とくっ付ける。

「お家《うち》デートどうだった？」

彼の顔を覗《のぞ》き込むと、その頬がわずかに紅潮した。

それはクリスが近いせいではない。彼がカノジョとのデートを思い返したからだ。

「ああ、うん……」と幸太《こうた》は歯切れ悪く返す。

「『指示』は助かった。よくあんな的確にメモを置けたな」

「だって、わたしはコータの同盟者だもの」

「同盟者……」

「コータをよく知ってるってことよ」

指示のメモを置くのは簡単だった。幸太《こうた》の性格、好み、カノジョへの態度を見ていれば必然的に彼の行動パターンが導き出される。

加えて氷雨《ひさめ》の情報もホオズキから入手済みだ。

氷雨《ひさめ》はどんなインテリアを好むのか。好みのおやつは何か。極めつきはクラスで彼女に聞こえるように、イチゴ味のシュークリームの美味《おい》しさを力説しておいたのだ。

性格や嗜好《しこう》を完璧に把握していれば、超能力などなくても容易に人は操れる。問題は二人がどこまで進んだかだが――。

クリスは襖《ふすま》を開けた。

「あら……？」

和室には新品のダブルベッドを配置していた。それが使われた形跡がない。

「コータ、ベッド使わなかったの？」

ベッド⁉　と幸太《こうた》は素っ頓狂な声を上げた。

「おまっ、ベッドなんか使うわけ――！」

「何想像してんのよ。ベッドで一緒にテレビ観《み》るよう指示したでしょ」

「ん？　そんなメモなかったぞ。どこに置いてたんだ？」

「襖《ふすま》に貼っておいたんだけど……剝がれたのかしら」

クリスはそう結論付けた。

（ベッドまで辿《たど》り着《つ》かなかったんだとしたら、彼の「進展」は間接キスってところね）

少しほっとしていた。

ベッドまで行っていたら、キスしてもおかしくない雰囲気になっていたはずだ。

もし二人がそこまでいっていたら——と想像して、クリスは立《た》ち竦《すく》んだ。

痛い。心がじくじくと痛んで今にも蹲《うずくま》ってしまいそうだ。

どうしてしまったんだろう。自分で同盟者になるって決めたのに。すべて自分が仕組んだ作戦なのに。こんなに心がざわついて胸が苦しくなるなんて、思いも寄らなかっ——

「おい、クリス」と、幸太《こうた》の声で我に返る。

「この部屋、元に戻してくれよ。なんか落ち着かないんだが」

「……ええ、そうね」

頷《うなず》いたクリスだったが、

「ねえ、コータ。ベッドだけは残さない？　わたし、布団《ふとん》慣れてなくて」

「そういうことなら残してもいいけど」

やった、とクリスはベッドにダイブした。柔らかいマットレスに身体《からだ》が沈み込む。

幸太《こうた》を窺《うかが》うと、彼はクリスを見てもいなかった。ソファーに身体《からだ》を預けた彼は夢から覚めていないような遠い表情をしている。

胸の痛みが大きくなった。

クリスは手近にあったハート型のクッションを抱き締める。『ＹＥＳ』と書かれたほうが見えるように、だ。

「コータっ」

自分の作戦は完璧だ。想定外のことは起こらない。

でも、もし想定外が起こるのだとしたら——それを起こすのはクリスの心だ。

「ダブルベッドだから、コータも一緒に寝られるわね」

知ってる。こんなこと言ったらきっと、彼は怒る。

案の定、幸太《こうた》はばっとこっちを見た。

「なっ、おまえと同じベッドを使えるわけ——」

「冗談よ」

台詞《せりふ》をかぶせる。

くつくつとクリスは笑った。大丈夫。声が震えているのは、笑っているせいだと彼は思ってくれる。

「冗談に決まってるじゃない。もー、コータはほんとにバカ真面目なんだからっ」

(冗談なわけがないじゃない。ねえ、コータはいつわたしの気持ちに気付くの？)

怒りの矛先を失った幸太《こうた》が息をつく。

クッションをきつく抱えたままクリスは笑い続けた。楽しげな声が豪山寺《ごうざんじ》家に響いている。

大丈夫。目に涙が滲《にじ》んでいるのも、彼はきっと勘違いしてくれる。

四章　嘘つきが仕込んだ砂糖

KONNA KAWAII IINAZUKE GA IRU NONI, HOKA NO KO GA SUKI NANO?

日曜日といえども、バイトに明け暮れている幸太《こうた》の朝は早い。

昼からは喫茶店バイトのシフトが入っているので、家事ができるのは午前中だけだ。

「よし、これで大方終わったな」

洗濯機を回し、風呂《ふろ》掃除をして、キッチンから玄関まで掃除機をかけた幸太《こうた》は額を拭う。それからチラ、と和室を見た。

襖《ふすま》が閉まっているため、中は見えない。

「クリス、起きてるか？」

襖《ふすま》に向かって幸太《こうた》は声を投げる。

……返事はない。

和室の掃除はクリスにしてもらおうと決めた。掃除機を室内に置くため、幸太《こうた》はそっと襖《ふすま》を開ける。

和室の中央にはダブルベッドが鎮座している。その下、畳に何かが散乱していた。近寄ってみると、

「俺のアルバムじゃねえか」

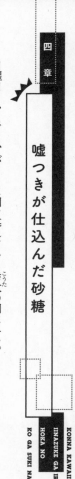

それは紛れもなく幸太《こうた》の幼稚園時代のアルバムだった。クリスが押し入れを開けて発掘したんだろう。見てそのまま出しっぱなしとは、なんとも彼女らしい。

しゃがんで幸太《こうた》はアルバムを拾った。

幼稚園の頃なんて記憶が曖昧だ。憶《おぼ》えているのは毎日、ラーメン屋さんごっこをしていたくらいで——

「おはよ、コータ」

「うわああああっ！」

いきなり声をかけられ、幸太《こうた》は叫んだ。

パジャマ姿のクリスがベッドから身を乗り出し、こっちを見ていた。寝起きの彼女は髪を結んでおらず、少し大人っぽい。

「驚きすぎよ、コータ。わたしの寝室で一体、何をしていたのかしらー？」

「何もしてねえよ！　掃除機を置きに来ただけで」

ふと彼女の目がアルバムに留まった。

「あら、コータもそれ見てたの？」

「おまえ、勝手に他人のアルバム見て悪びれないのか」

「別に見てもいいじゃない。コータってこの頃から目とか雰囲気とか変わらないわよねー。おかげで十年ぶりに会ってもすぐわかったわ」

クリスはアルバムを取ると、楽しげにページを捲《めく》り始める。

ん？　と幸太《こうた》は首を傾《かし》げていた。

「十年ぶり……？」

「その様子だとやっぱり憶《おぼ》えてないのね。十年前、豪山寺《ごうざんじ》ラーメン店にうちのパパが入ったとき、五歳のわたしも一緒にいたのよ」

「え——」

「パパがビジネスの話を始めたとき、子供のわたしは退屈だから表で遊んでなさいって店の外に出されたわ。そこでラーメン屋さんごっこをして遊んでたのがコータ」

「ええーっ⁉」

「コータに誘われ、わたしはごっこ遊びをしたわ。その間にわたしたちの婚約は決まっていたってわけ」

「じゃあ、俺たちは十年前、会ってたのか……全然、憶《おぼ》えてない……」

「わたしもラーメン屋から出てきたパパからすぐにコータが婚約者だと告げられなければ、忘れていたと思うわ」

「ああー、うちの親父《おやじ》がいい加減すぎるんだ！」

幸太《こうた》は額に手を当てた。徹志《てつじ》のラーメンにかける情熱は尊敬に値するが、他のことは大概おざなりなのだ。

クリスは当時を懐《なつ》かしむように目を細める。

「ごっこ遊びでコータはラーメンを作る係だったわよね」

「係っていうか、店主役な。その遊び自体はよく憶《おぼ》えてるよ」

ラーメン屋さんごっことは、幸太《こうた》が考えた一種のままごと遊びだ。一人一人に役がある。必要最低人数は三人だ。

ラーメンを作る店主役。

食事をするお客さん役。

そして、店主をサポートする――。

「あ」

幸太《こうた》は思わず声を上げていた。

(思い出した。ラーメン屋さんごっこには、店主をサポートする『お嫁さん役』がいたんだ！)

幸太《こうた》がずっと店主役だったように、お嫁さん役もいつも同じ子がやっていた。

その子の顔も名前も今となっては思い出せない。

ただ、髪が長くて綺麗《きれい》な子だったという記憶はある。

ラーメン屋さんごっこをするときは必ず、彼女がラーメンの器を用意してくれた。

「ふーん、もしかしてコータ、初恋の子とか思い出しちゃってたり？」

「なっ⁉」

言い当てられて幸太《こうた》はドキッとする。クリスはニヤニヤと笑っていた。

「コータってわかりやすいのよねー。それで、初恋のエピソード教えてよ」

「は、初恋ってわけじゃ……その子とはただ、幼稚園で一緒に遊んだだけで……」

「ただ遊んだだけなら、別に話してくれてもいいわよねえ」

ぐっと幸太《こうた》は言葉に詰まった。

クリスは勝ち誇ったように笑っている。

「コータ、世界のクリスティーナ・ウエストウッド相手に隠し事ができると思って？　どんな子だった？　恋したきっかけは？　思い出の場所やモノは？」

「あああもうわかったよ！」

クリスの追及からは逃れられない。幸太《こうた》は観念した。

「最初、俺はその子と二人でラーメンを作って遊んでいたんだよ。俺がツタとかで麺を作って、その子が粘土とかで器を用意して」

それが楽しかったから幸太《こうた》はあるとき言ったのだ。

「ずっと一緒にラーメンを作ってほしいって、お願いした……」

それは幼稚園児なりの告白みたいなものだった。

「微笑《ほほえ》ましいわね。それで、どうなったの？」

「まあ、幼稚園を卒園するまでラーメン屋さんごっこを一緒にやったよ。そこでは必ず俺が店主役で、その子がサポートしてた」

……その話は正確ではない。

からかわれそうだからクリスには言えないが、告白の返事はきちんともらっていた。

『じゃあコーくん、ケッコンしようね』

それが彼女の答えだった。

幸太《こうた》はそれに頷《うなず》き、ラーメン屋さんごっこでその子は「お嫁さん役」になった。

小学校に上がったら、その子はいつの間にかいなくなっていて、幸太《こうた》の記憶からも抜け落ちていった。

恋と呼ぶには淡すぎる思い出だ。

きっとその子だって幸太《こうた》を忘れてるだろう。幸太《こうた》だってラーメン屋さんごっこが話題にならなければ、その子を今さら思い出さなかった。

「じゃあコータ、今からラーメン屋さんごっこするわよ」

「え⁉　今から？」

「コータが店主役、わたしがサポート役ね」

「はあ、それで？」

「作るのは朝ごはんよ！」

「はいはい」

ラーメン屋の定番、チャーハンを作ることにした。

昼からバイトだとクリスに告げたら、昼食にもなるものをとオーダーされたので、チャーハンになった。

冷蔵庫を開けた幸太《こうた》は覚えのないプラスチックパックを発見する。

「これは……和牛、だと……⁉」

綺麗《きれい》なサシの入ったステーキ肉だ。幸太《こうた》の家の経済状況では絶対に買えない。

なんでこんな高級品がうちの冷蔵庫にあるんだ⁉　と衝撃を受けていると、

「ああ、それね。商店街に行ったら肉屋のおじさんがくれたの」

クリスが何でもないように言った。

「くれた⁉　和牛を⁉」

「肉屋のおじさん、わたしのファンなんだって。サイン書いてあげたらもらったの」

「やべーわ、芸能人やべー」

「それチャーハンに入れちゃって」

「せっかくの和牛がもったいないなくないか……？」

「ステーキにしても量が少ないわよ」

クリスがそう言うなら、と幸太《こうた》は贅沢《ぜいたく》にもステーキチャーハンにすることにした。

チャーハンの他の材料を出していると、

「それでコータ、わたしは何をすればいいかしら」

やる気満々のクリスがキッチンに立っていた。髪はもうツインテールだ。真新しいエプロンまでしている。

「よし、まず玉ねぎをみじん切りにしてくれ」

「わかったわ」

幸太《こうた》はクリスに玉ねぎを渡し、フライパンを取った。手始めに和牛をダイス状に切り、フライパンで炒《いた》めていると、

「コータあぁ、目が痛くて玉ねぎが切れないぃぃ……」

泣き声がした。

クリスがポロポロと涙を零《こぼ》している。幸太《こうた》は慌ててコンロの火を止めた。

「あー玉ねぎはちょっとハードルが高かったか……」

見れば、クリスは玉ねぎを分厚い輪切りにしている。たぶんみじん切りをよくわかっていないし、包丁の使い方も怪しい。

「じゃあ、卵だ、卵。ボウルに卵を割ってくれ」

うん……と涙を拭いたクリスはボウルを取る。

玉ねぎを切る作業は幸太《こうた》が回収した。タンタンと小気味よい音がキッチンに響く。

その中、グシャ、と不協和音がした。

幸太《こうた》は動きを止める。

横を見ると、クリスが手を卵だらけにしていた。

「……」

「コータあぁぁ、卵が上手に割れないぃぃぃ……」

「……クリス、おまえさあ」

幸太《こうた》はほとんど空《から》のボウルを取った。

「料理したことあるか？」

「わたしは世界のクリスティーナ・ウエストウッドよ。料理はするんじゃなくて、食べるものだわ」

「訊《き》いた俺がバカだった」

幸太《こうた》はクリスに料理させるのを諦めた。

「卵もいいから、チャーハンを入れる皿を出しといてくれ」

それくらいならできるだろう。

幸太《こうた》は玉ねぎのみじん切りを再開した。卵を数個割って手早く溶いていると、

「きゃあぁっ！」という声とガシャン！　という音が重なる。

幸太《こうた》は振り向いた。

「コータあぁぁ、お皿割っちゃったあぁぁ……」

わあぁあ、と慌てるクリス。あたふたと彼女は幸太《こうた》のほうに来ようとして、

「ストップ、動くな」

幸太《こうた》が両手で彼女を押《お》し留《とど》めた。

棒立ちになったクリスの周囲で幸太《こうた》は掃除を始める。皿の破片が残っていたら危険だ。クリスが踏んで怪我《けが》したら一大事である。

「コータ、わたし、何をすれば……？」

エプロンの裾を握り、クリスはぷるぷると震えていた。彼女としてはサポート役を頑張りたかったようである。

「クリス、世の中は適材適所だ」

「？」

「配役チェンジ。おまえ、今からお客さん役な」

ドン、と大皿をダイニングテーブルに置く。

熱々のステーキチャーハンを前にして、クリスは「わあ！」と歓声を上げた。

「お米が、玉子が、輝いてる……！」

じゅるり、とヨダレを啜《すす》るクリス。お客さん役として素晴らしいリアクションだ。

店主役の幸太《こうた》は促した。

「どうぞ、召し上がれ」

「いただきまーす！」

クリスは元気よくレンゲを取った。

さっきから部屋にはごま油の香ばしい匂いが漂っている。パラッとほぐれるチャーハンを掬《すく》い、クリスは口に入れた。

瞬間、彼女の目に歓喜が灯《とも》る。

モグモグと咀嚼《そしゃく》し、クリスは花が満開になったように笑顔になった。

（あ……）

「すっっっごく美味《おい》しいわ、コータ！」

「あ、ああ……なんてったって和牛入りだしな」

照れくさくて目を逸《そ》らした幸太《こうた》に、クリスは首を振る。

「絶対それだけじゃないわ。コータの料理がそもそも上手なのよ！　絶妙な塩加減に、ふわっとした玉子。醤油《しょうゆ》の香ばしさ、玉ねぎの甘み、トロけるような牛肉の旨味《うまみ》がご飯にぎゅっと詰まってて……はあ、最高……」

「中華スープも作ったけど飲むか？」

「飲むに決まってるでしょ。早く持ってきて」

二人分のスープを用意して、幸太《こうた》は席に着いた。クリスはスープを一口飲んで、また顔を綻ばせる。

（そうだ、この顔が見たくて、俺はラーメン屋さんごっこをやってたんだよな……）

ごっこ遊びで本物の食品は出せない。だから当時の「ラーメン」は花びらを散らしたり葉っぱを細工したり、盛り付け重視だった。

お客さん役が驚いたり喜んだりするのが幸太《こうた》の楽しみだった。

自分の作ったもので誰かを喜ばせたい。その思いは今も変わっていない。

「コータは食べないの？」

クリスは幸太《こうた》を見て首を傾《かし》げる。

何かを思いついたように彼女は悪戯《いたずら》っぽく笑った。レンゲでチャーハンを掬《すく》って、幸太《こうた》に差し出す。

「はい、あーん♡」

「おい……」

「冗談よ」

クリスはくるりとレンゲを自分のほうに戻して、チャーハンを口に入れた。「う〜ん、おいひ〜い」と彼女は目を細めている。

「カノジョとこういうことすると仲良くなれるわよ」

「またハードルの高いことを……」

「プロポーズに比べたら、全っ然ハードル低いわよ。……そうね。次の作戦はこれでいきましょう」

ごくん、と口の中のものを飲み込み、クリスは言う。

「ずばり、美味《おい》しいお弁当を作って彼女に喜んでもらおう作戦よ！」

「おお、俺の特技を活《い》かすんだな」

「その通り。明日の昼休み、コータはカノジョと一緒にお弁当を食べるの。そこでコータが自分のおかずを彼女に分けてあげるわけ。彼女はコータの料理に感動し、二人の仲は深まるという作戦よ」

「氷雨《ひさめ》と一緒にお昼か……」

幸太《こうた》は彼女の昼休みの様子を思い返し、渋い表情になった。

「コータが何を思い悩んでいるかわかるわ。東城《とうじょう》さんはいつも自席で一人、持参したお弁当を食べている。早く食事を終えて読書をしたいみたいね」

「おまえ、よく知ってるな」

素直に驚いた。クリスは昼休みいつも、他の生徒たちに囲まれて学食に行っている。教室の様子なんて知らないはずなのに。

「わたしは同盟者よ。コータのことも、カノジョのことも、すべてお見通しなのよ」

「その言葉が少しも大袈裟《おおげさ》じゃなくてビビるんだが」

先日のお家《うち》デートでクリスの恐ろしさは身に染《し》みている。一方で、彼女の作戦に乗れば間違いないのも実感できていた。

「氷雨《ひさめ》の昼休みを邪魔して不快に思われないだろうか……」

「もー、コータは恋人でしょ⁉　邪魔なんて思われないわよ！」

「付き合っているのを秘密にしているのに、氷雨《ひさめ》が一緒にお昼を食べてくれると思うか？」

「もちろん食べる場所は教室じゃないわ。二人きりになれる場所……裏庭とかどうかしら？」

「あそこ、二人きりになれる場所じゃないだろ」

幸太《こうた》の記憶では、裏庭は花壇があって、雰囲気のよいところだ。天気がよければ人気のお昼スポットだったと思うのだが。

「なれるわ。明日の裏庭には誰も来ないのよ。世界のクリスティーナ・ウエストウッドが言うんだから間違いないわ！」

「何だそれ……まあ、おまえがそこまで言うなら裏庭にするか」

「コータは明日、登校中に彼女と昼休みの約束を取り付けるのよ。そうすれば、校内で二人でいるところは見られないわ」

「オーケー。俺は腕によりをかけて弁当を作ればいいんだな！」

氷雨《ひさめ》に食べてもらうのだ。中途半端《ちゅうとはんぱ》なものは出せない。

「そうと決まったら、献立考えないとな。さっきの和牛、まだ半分残ってたよな。俺の得意分野的に中華風弁当にするとして――」

冷蔵庫を開けて真剣に考え始める幸太《こうた》。背中でため息が聞こえた。

「……わたしのチャーハンはぱぱっと作ったくせに」

幸太《こうた》は振り向く。

クリスはチャーハンを頬に詰め込んでいた。

「コータの料理は何でも美味《おい》しいから大丈夫よ。たとえモヤシ料理でもね」

「……もしかしておまえ、うちの夕食、モヤシしか出てこないの根に持ってる？」

「はあ、違うわよ」

呆《あき》れた様子でクリスは首を振る。

「コータは何を作っても大丈夫よ。わたしが明日、コータの作戦が大成功するよう演出をするから」

「演出？」

そう、とクリスは自信満々に笑った。

「最高の演出を見せてあげる。わたしに任せなさい」


翌月曜日の四時限目。

幸太《こうた》は襲いくる睡魔と格闘していた。

(眠い……眠すぎて、何も頭に入ってこない……)

ノートには何本もの無秩序な線が引かれている。板書を写すこともままならず、幸太《こうた》は自席で揺れていた。

隣のクリスは潔く《いさぎよ》机に突っ伏している。大胆にもくうくうと寝息を立てていた。

二人がこうなっているのは原因がある。

昨夜、バイトから帰ってきた幸太《こうた》は今日のために弁当を作り始めたのだが、あまりにも拘り《こだわ》すぎたが故に、五時間近くかかったのだ。

まず一番の自信作、豪山寺《ごうざんじ》ラーメン店で出しているチャーシューを作るのに三時間。その他、酢豚や青椒肉絲《チンジャオロース》、油淋鶏《ユーリンチー》、麻婆豆腐《マーボーどうふ》、エビチリ、八宝菜、回鍋肉《ホイコーロー》、と作っていたら二時間が経過していた。

おかげで幸太《こうた》はほとんど寝ていない。

それに付き合っていたクリスもまた、同様だった。

授業終了のチャイムが鳴った。

その瞬間、クリスがガバっと起きる。そして彼女はスマホを高速で操作し始めた。

(眠くて死ぬかと思った……やっと授業終わったか……)

不思議なもので授業が終わると睡魔は引く。大事なイベントが控えているとなれば、なおさらだ。

幸太《こうた》は窓際《まどぎわ》の席にいる氷雨《ひさめ》をチラ、と見た。

朝、一緒に登校しているとき、幸太《こうた》は彼女を昼食に誘った。氷雨《ひさめ》は「はい」と言ってくれた。

不快そうな様子はなかった。

(これで、俺の弁当を分けてあげれば、氷雨《ひさめ》も笑顔になってくれるか……?)

昨日、クリスがチャーハンを食べたときを思い出す。クリスはものすごく喜んでくれた。見ていた幸太《こうた》が照れてしまったほどだ。

片や、氷雨《ひさめ》はとにかく笑わない子だ。

幸太《こうた》と一緒にいて楽しいのかどうか、彼女の言動からはわからない。でも、恋人になってくれたんだから、氷雨《ひさめ》も幸太《こうた》に好意は抱いてくれているんだろう。そうに違いない、と幸太《こうた》は信じている。

「クリスちゃん、さっきツイッター更新したでしょー!?」

いつもクリスに纏《まと》わりついているミーハーな女子が大声を上げた。クリスはペロっと舌を出す。

「えへへ、バレた？」

「この画像、今上げるとか飯テロじゃーん⁉」

「お腹《なか》空いたなーと思って、つい」

「つい、じゃないよー！　めっちゃお腹《なか》空いたよー！」

教室に女子同士のキャイキャイした声が響く。二人の会話を聞いたクラスメートたちが次々とスマホを出した。

幸太《こうた》もクリスが何を上げたのか気になってスマホを出す。

（これは……！）

「チャーシューじゃん。ウマそう……」

「酢豚とか青椒肉絲《チンジャオロース》とか見たら、食いたくなってきた」

「購買に麻婆《マーボー》豆腐《どうふ》丼《どん》あったよな。昼それにしよ」

クリスのSNSには幸太《こうた》の作った中華がずらりと上がっていた。しかも画像をしっかり加工して、やたら食欲をそそる絵になっている。幸太《こうた》自身も食欲が湧いてきた。

「クリスちゃーん、学食でチャーシュー麺食べる？」

「いいわね。中華食べたい人、みんなで行こ」

わらわらとノリのいい男女がクリスに集まっていく。学食行きの集団は教室を出て行こうと

して、

「⁉」

すれ違いざま、クリスが幸太《こうた》にこっそりウインクをした。まるで「ガンバレ」と励まされたようだった。

(これが『演出』か……!)

悟った幸太《こうた》は驚嘆する。

教室は今、空前の中華料理ブームになっていた。

現に大半の生徒はクリスと共に教室を出て行こうとしている。既に昼食を買っている生徒や、お弁当を持参している生徒は苦々しい様子だ。

氷雨《ひさめ》を窺《うかが》うと、彼女はスマホにじっと目を落としていた。

(これで氷雨《ひさめ》も中華を食べたい気分になってくれたに違いない。そこで俺が中華弁当を出すのか。なんて完璧な作戦なんだ、クリス!)

同盟者に感謝しつつ、幸太《こうた》は弁当を持って意気揚々と教室を出た。

秋晴れの心地よい日だった。

薄青い空の下、裏庭の花壇ではピンク色のコスモスが揺れている。奥には植え込みがあって

『生物部専用』のプラカードが立っていた。

辺りを見るが、見事に誰もいない。まるで学校中から生徒が消えてしまったみたいだ。時折、渡り廊下から喧騒《けんそう》が響いてきて、それが幸太《こうた》の錯覚だと教えてくれる。

花壇の縁に幸太《こうた》と氷雨《ひさめ》は並んで座っていた。お互い自分の弁当を持ってきている。

「不思議なこともあるものですね」

お弁当袋を開けながら氷雨《ひさめ》は言った。

「不思議なことって？」

「ここに誰もいないとは思いませんでした」

「あ、ああ、そうだな。今日はどうしたんだろうな……」

（またクリスはどんな超能力を使ったんだ……？）

彼女がどうやってこの状況を作り出したのか想像もつかないが、幸太《こうた》にできるのは作戦を遂行するだけだ。

五時間かけて作った弁当を出す。

「それより俺、昨日の夜、おかず作りすぎちゃってさ、もしよかったら氷雨《ひさめ》にも食べてもらいたいんだけど」

二段の弁当箱には何種類もの中華料理が詰められている。クリスの演出によって今、氷雨《ひさめ》にも中華ブームが起こっているはずだ。

氷雨《ひさめ》は幸太《こうた》の弁当を見て、呟《つぶや》く。

「……中華、ですね」

「うん」

「さっき、ウエストウッドさんが中華料理の画像をSNSに上げてましたが」

切れ長の目がひた、と幸太《こうた》に据えられる。

「あれは幸太《こうた》くんの作ったものでしたか」

鋭利な眼差《まなざ》しが幸太《こうた》を射抜いた。

「……え、あ……」と頭の中が真っ白になる幸太《こうた》。そのとき、氷雨《ひさめ》の頭の向こう、植え込みのプラカードが目に入った。

「『そうだよ』……？」

自分の頭がおかしくなったのかもしれない。

『生物部専用』と書かれていたはずのプラカード。それは今、『そうだよ』という文字に置き換わっていた。幸太《こうた》が瞬《また》いていると、プラカードの文字がまた変化する。

「『クリスは喜んでくれたから、氷雨《ひさめ》も喜んでくれるかと思って』」

（おい、これじゃ残り物を勧めてるみたいじゃないか!?　クリス——っ！）

プラカードのカラクリはわかった。あの植え込みにはクリスが潜んでいる。そして、プラカードにはスケッチブックがかかっていて、クリスが適切な台詞《せりふ》を書いてくれているのだ。いや、嘘《うそ》だ。全然適切じゃない！

「ああ違うんだ、氷雨《ひさめ》！　この弁当は残り物とかじゃなくて……！」

幸太《こうた》は慌てて言い募る。氷雨《ひさめ》の周囲には冷気が漂っている。せっかく作ったのに、食べてもらえないんじゃと焦《あせ》るが、

「では、いただきます」

「……え？」

「ウエストウッドさんは喜んで食べたんですよね？」

「え、あ、うん……」

「では、わたしもいただきます」

（またクリスが基準……？　大富豪のクリスが美味《おい》しかったなら、マズくはないだろう、という読みか……？）

とにかく五時間が無駄にならないみたいでほっとした。

氷雨《ひさめ》はじーっと幸太《こうた》の弁当を凝視している。どれを食べるか悩んでいるみたいだ。

「どれでも好きなの食べていいよ。たくさん作ってきたから」

幸太《こうた》は自信作のチャーシューを一枚、自分で食べる。美味《おい》しさを氷雨《ひさめ》にアピールしようとしたが――

「んっ!?」

即座にお茶を取った。口の中のチャーシューを飲み込む。

(何だ、これ……⁉　チャーシューが甘い⁉)

信じがたかった。自分で作ったチャーシューが何故《なぜ》か激甘だったのだ。砂糖を大量にぶち込んで煮たみたいになっている。

(どうしてこうなった？　出来上がったときは眠すぎて味見しなかったが、こんなミスをするとは思えないぞ……)

氷雨《ひさめ》はまだ弁当を見つめて悩んでくれている。

その隙に幸太《こうた》は他のおかずにも箸をつけた。

(嘘《うそ》だろ⁉　酢豚も青椒肉絲《チンジャオロース》も油淋鶏《ユーリンチー》も麻婆豆腐《マーボーどうふ》もエビチリも八宝菜も回鍋肉《ホイコーロー》も全部めちゃくちゃ甘いって、どうなってるんだよ⁉)

パニックになりそうだった。

中止だ、と思う。作戦は今すぐ中止しなければならない。こんな砂糖まみれの惣菜《そうざい》を氷雨《ひさめ》に食べさせられるか。

幸太《こうた》が氷雨《ひさめ》に「ごめん。弁当の味見はまた今度」と言おうとしたときだった。プラカードが目に入る。

『いいのよ、その甘いおかずで。彼女に食べてもらいなさい』

は？　と幸太《こうた》は口を開けた。

（なんでクリスが弁当の味を知ってるんだ……？　あいつはちゃっかり味見をしていたのか？）

だったら事前に教えてくれよ、とも思う。

ペラリ、とプラカードの紙が替わる。

『コータの料理に砂糖を入れたのはわたしだから』

待て。待て待て待て待て！

幸太《こうた》は叫ぶのをぐっと堪えた。プラカードを睨《にら》む。

（おまえ……何をやってくれたんだよ！　この作戦ぶち壊す気か⁉）

『落ち着いて、コータ』

（これが落ち着いてられるかよ！）

『今から言うのは一部の人しか知らない事実よ。東城《とうじょう》さんは少し特殊な体質なの』

幸太《こうた》の表情とプラカードで会話が成立している。その異常性に驚く余裕もないほど幸太《こうた》は切羽詰まっていた。

（は……？）

『彼女は類稀《たぐいまれ》な天才で、とてもハイスペックな頭脳を持っているわ』

（んなこと誰でも知ってるよ！）

『その高性能な頭脳には、常人より多くの糖分が必要なの。幼少の頃より甘い物ばかりを摂取し続けた結果、彼女は甘い物しか美味《おい》しいと認識しなくなったのよ』

馬鹿な、と思った。

氷雨《ひさめ》の弁当を見る。ミートボールに、ベーコンとほうれん草の炒《いた》め物、ウインナー、野菜の煮つけ。どれも甘いはずがない。

『彼女は毎日、自前でお弁当を持ってきているわ。学食や購買では絶対に食べない。それは普通の食事だと糖分が足りず、美味《おい》しくないからよ』

(待ってくれ！　俺だって学食は使わないぞ。弁当を持ってくるイコール甘い物しか食わないわけじゃないだろ！)

『彼女はとにかく甘いものを好むわ。甘くなければ彼女の口には合わないのよ。それを見抜いてコータが彼女好みの料理を振舞う。それがこの作戦の真髄よ』

「悩ましいですね。幸太《こうた》くんのオススメを教えてくださ、い」

氷雨《ひさめ》の声に幸太《こうた》は震えた。

「どうしたのですか、幸太《こうた》くん。顔が真っ青ですが」

進むべきか、退《ひ》くべきか。

幸太《こうた》は揺れ動いていた。

(もしクリスの言うことが真実なら――、いやでも、氷雨《ひさめ》が味覚音痴だなんてあるか？　どうして昨日のうちにそれを教えてくれなかったんだ……！　そしたら甘めに作ったのに！)

『甘めなんて中途半端《ちゅうとはんぱ》じゃ彼女の好みには合わないわ。素人《しろうと》のわたしが砂糖を大量投入するしかなかったのよ』

「幸太《こうた》くん……？」

氷雨《ひさめ》がこっちをじっと見てくる。

「あー……」と幸太《こうた》は無意味な声を洩《も》らした。理性が叫ぶ。そのマズい弁当を下げろ、と。だが、氷雨《ひさめ》の顔の後ろには文字が見えている。

『わたしを信じて、コータ』

信じる。

クリスを信じる——それは宗教だ。鰯《いわし》の頭も信心から。信じる者は救われる。クリスを信じれば自分は救われるのか？　自分の理性でもなく、氷雨《ひさめ》の味覚でもなく、クリスの作戦を信じれば、すべてが上手《うま》くいくのか——？

ぷつん、と幸太《こうた》の頭で思考の糸が切れた。

考えてもわからない問題を考え続けられるほど、幸太《こうた》の頭のスペックはよくなかった。

チャーシューを箸で摘まむ。それを氷雨《ひさめ》に差し出した。

「はい、あーん」

完全に自棄《やけ》だ。自棄《やけ》にならなければ、そもそも甘いチャーシューなんか出せない。自信作の弁当がめちゃくちゃで、氷雨《ひさめ》が味覚音痴かもしれなくて、これで自棄《やけ》にならないほうが無理だった。

氷雨《ひさめ》がポン、と真っ赤になる。

彼女は激しく逡巡《しゅんじゅん》していた。チャーシューを見て、幸太《こうた》の顔を見て、やがて観念したように目を伏せる。

「……あ、あーん」

長い睫毛《まつげ》が綺麗《きれい》だ。恥じらいつつも素直に口を開ける彼女を前に、幸太《こうた》の心はひどく満ち足りていた。

——我が人生に一片の悔いなし。

氷雨《ひさめ》の口にチャーシューが放り込まれた。

人生が終わるそのときを、幸太《こうた》はただ座して待つ。信じた神くらいは自分を看取《みと》ってくれるだろう。校舎の古びた壁が諸行無常を感じさせる。

「……幸太《こうた》くん」

審判の声がした。

「これは、なんと美味《おい》しいチャーシューでしょうか」

(嘘《うそ》だろ——っ⁉)

「驚きました。こんな美味《おい》しいチャーシューを食べたのは初めてです」

ほう、と氷雨《ひさめ》は感嘆のため息をついている。

幸太《こうた》は後頭部を殴られたような衝撃を受けていた。

「これが幸太《こうた》くんのご家庭の味なのですね」

「えっ。あ、ああ……」

「他のも味をみてよろしいですか？」

「も、もちろん。そんなに気に入ったなら、全部食べていいよ……？」

甘すぎて、幸太《こうた》はまったく食べる気がしない。

氷雨《ひさめ》は「ありがとうございます」と幸太《こうた》の弁当を摘まみ始める。彼女の反応を見る限り、どのおかずも美味《おい》しいようだ。

馬鹿な、と思った。（二回目）

「あのさ、氷雨《ひさめ》」

真実を確かめるため、幸太《こうた》は彼女の弁当に目を留める。

「よければ、氷雨《ひさめ》の弁当、俺にも味見させてくれる？」

「いいですよ」

氷雨《ひさめ》は弁当を幸太《こうた》に差し出そうとして、躊躇《ためら》った。

「……どれが食べたいですか？」

「え。あーじゃあ、ウインナーを」

絶対に甘いはずがないおかずだ。

氷雨《ひさめ》はそれを箸で摘まむ。そして、顔を背けた。

「……あ……あ……あーん……」

横を向いて「あーん」してくる彼女。器用というか、いじらしいというか。幸太《こうた》の胸がいっぱいになる。

ウインナーに食いついた。咀嚼《そしゃく》すると、笑いが込み上げてくる。

「ははは……」と乾いた声を上げる幸太《こうた》に、氷雨《ひさめ》は首を傾《かし》げた。

「どうしたんですか？」

「氷雨《ひさめ》はさ、自分のお弁当、美味《おい》しい……？」

「え。お口に合いませんでしたか？」

氷雨《ひさめ》もウインナーを食べた。

「モグモグ……いつも通りの美味《おい》しいウインナーですが……？」

ああ、そうなんだ……と幸太《こうた》は遠い目になった。氷雨《ひさめ》の頭の向こうではプラカードが揺れている。

『ね？　わたしを信じてよかったでしょ』

信じがたいことだが、ウインナーは羊羹《ようかん》みたいに激甘だった。

◆◆◆

（あーあ、コータは完全に寝ちゃったわね）

プラカードの裏の植え込みから、クリスは花壇の様子を窺《うかが》った。

食事を終え、幸太《こうた》は氷雨《ひさめ》に膝枕をしてもらっている。指示したのはクリスだ。バカ真面目な彼では自発的に膝枕をねだれない。

ほぼ徹夜で弁当を作った彼は、氷雨《ひさめ》の膝の上だというのに熟睡してしまったようだ。しばらく二人に会話はない。

（わたしもそろそろここから退散しようかしら。五時限目開始のチャイムは鳴らないようホオズキが操作してるし）

スマホを見れば、昼休みが終わるまであと五分だ。

チャイムが鳴らないため、裏庭の二人は五時限目が始まったと気付かない。しかも裏庭にはスズメバチの巣ができて危険だから近寄らないように、という偽情報《にせ》が学校中に流れているのだ。

二人の甘い時間を長引かせるためのクリスの作戦だった。

（わたしは五限のノートをきちんととって、後でコータに見せる、と。同盟者として完璧なサ

ポートだわ。またコータはわたしに感謝するわね)

ふふん、と得意げになったクリスだったが、花壇では動きがあった。

氷雨《ひさめ》が周囲をキョロキョロと窺《うかが》っている。誰もいないのを認め、氷雨《ひさめ》は幸太《こうた》の寝顔を見下ろした。彼の頭をそっと撫《な》でる。

「っ!!」

(何それ何それ何それっ! は⁉ 自分の気持ちは言えないくせに、寝てるコータにはそういうことできるわけ⁉)

麗《うら》らかな午後の陽射《ひざ》しを浴び、氷雨《ひさめ》は幸太《こうた》の髪に指を通している。彼女の頰はまさしく恋する乙女のごとく染まり、口元は幸せそうに緩んでいた。

クリスは相手の表情を見れば、心の声がわかる。今の氷雨《ひさめ》は狂喜乱舞していた。彼の無防備な寝顔を間近で見て、彼に触れられる喜びに浸っている。

ぎり、とクリスは唇を噛《か》んだ。

胸の奥から熱く苦くドス黒いものが噴き出す。

寝てる幸太《こうた》を撫《な》でるなんて、クリスはしたことがない。当然だ。氷雨《ひさめ》は恋人で、クリスは同盟者。氷雨《ひさめ》は幸太《こうた》に触れてもいいが、クリスにその権利はない。理性ではわかっている。だが、人は理性のみを宿しているのではない——。

気付けばクリスは立ち上がっていた。

ガサ、と植物が揺れて、氷雨《ひさめ》がぱっとこっちを見る。

（あーあ、二人きりで甘い時間を過ごしてもらう作戦だったのに）

だから何だと言うのか。このまま一時間も氷雨《ひさめ》の好きにさせておくのか。

――冗談じゃない、と思う。

自分の作戦だが、クリスは二人の甘い時間をぶち壊さないと気が済まなくなっていた。

「ウエストウッドさん……？　何故《なぜ》そこに……？」

眠っている幸太《こうた》を気遣って、氷雨《ひさめ》が小声で言う。

クリスはツインテールに付いていた葉っぱを払った。

「……生物部に体験入部してるのよ」

そうですか、と言った氷雨《ひさめ》は、クリスの発言を疑うそぶりもない。

「ウエストウッドさんが生物に興味があるとは意外でした」

「意外？　生き物には興味あるわよ。特に、人間には」

クリスは氷雨《ひさめ》の前に立つ。幸太《こうた》はまだぐっすり眠っている。氷雨《ひさめ》の太腿《ふともも》がそんなに心地よいのだろうか。

「てっきり、わたしたちの様子が気になるのかと思ってしまいました」

その台詞《せりふ》は英語だった。万一、幸太《こうた》に聞かれても彼には聞き取れない。

はっ、とクリスは肩を揺らす。

「ここからはガールズトークってわけね」

「今日の彼のお弁当が何か知っててSNSに画像を上げましたね」

「そうね。カノジョにお弁当を食べてもらいたいんだけど、どうすればいいかって彼から相談を受けたから」

「合点《がてん》がいきました。このメモはあなたのですね」

氷雨《ひさめ》が胸ポケットから紙片を取り出す。

そこには可愛《かわい》い丸文字で『↑彼女とテレビを観《み》なさい』とある。お家《うち》デートでクリスが襖《ふすま》に貼っておいたメモだ。

「ああ、それ。あなたに取られていたのね。どうりで見つからないはずだわ」

「何故《なぜ》、こんなメモを……？」

「彼がお家《うち》デートでどうしたらいいかわからないって言うから、わたしがアドバイスしてあげたのよ」

そうですか、と氷雨《ひさめ》は俯《うつむ》いた。幸太《こうた》の寝顔をじっと見つめる。

「彼は随分、あなたに相談しているのですね」

恋人として、それは寂しい。

何故《なぜ》、自分に直接、相談してくれないのか。どうして相談する相手が、よりにもよって同居している美少女なのか。氷雨《ひさめ》は思い悩んでいる。

クリスは内心でほくそ笑んだ。

そう、恋人同士の関係を進めるのは、何も「甘い時間」だけじゃない。

「早く彼の心を捕まえるのね。わたしなんて第三者が介入できないように」

クリスの言葉に、氷雨《ひさめ》が顔を上げる。

「それはどういう意味でしょう?」

「まさかあなた、彼を好きになるのは自分くらいだ、とか思ってないわよね?」

氷雨《ひさめ》の目の色が変わる。

彼女の全身から白い冷気が立ち昇るのが見えて、クリスは笑った。

腹の底から笑い転げたかった。さっきまであった甘い雰囲気は一掃されている。今周囲に満ちるのは、研ぎ澄まされた緊張感と殺伐とした敵意だけ。

「あなたに彼は譲りません」

「よく言うわ。でも、彼はどう思ってるかしらね?」

「っ……!」

「彼が相談するのはいつもわたし。それは彼がわたしを誰より信頼している証《あかし》よ」

氷雨《ひさめ》が悔しげに顔を歪《ゆが》める。彼女の手が幸太《こうた》の頭に置かれた。それがクリスの神経を逆撫《さかな》でする。触らないでよ。そのポジションに甘んじていられるのも今のうちなんだから。

クリスは氷雨《ひさめ》に顔を寄せた。邪悪な笑みで囁《ささや》く。

「──油断してたら、わたしがコータを盗《と》っちゃうかも」

氷雨《ひさめ》の表情が凍る。

キャハハハ、と悪役《ヴィラン》みたいに高笑いしてクリスは颯爽《さっそう》とその場を離れた。

(予定とは違ったけど、これでカノジョも積極的になるでしょ)

幸太《こうた》と氷雨《ひさめ》、双方から距離が縮まれば、二人の関係はもっと加速する。それはクリスの作戦通りだ。

昼寝から覚めた幸太《こうた》が異様な雰囲気を察知したところで──

「作戦中に熟睡するほうが悪いのよ！」

心臓を苦しめるためにクリスは廊下を全速力で走った。

五章

絡まった運命の帰結

KONNA KAWAII IINAZUKE GA IRU NONI, HOKA NO KO GA SUKI NANO?

ガタンゴトンと電車が揺れる。

つり革に摑《つか》まった幸太《こうた》は車窓を眺めていた。夕暮れに染まった町並みが流れていくが、彼の目に景色は映っていなかった。

隣には氷雨《ひさめ》がいる。彼女もまた幸太《こうた》と同じようにつり革に摑《つか》まっていた。

二人の空いた手は現在、密《ひそ》やかに繫《つな》がれている。

「……」

「……」

手を繫《つな》いでいるものの、二人に会話はない。

幸太《こうた》はそっと横目で氷雨《ひさめ》を窺《うかが》う。

彼女は凜《りん》と背筋を伸ばし、真《ま》っ直《す》ぐ前を向いていた。その頰は真っ赤だが、それは夕陽《ゆうひ》に照らされているからなのかもしれない。幸太《こうた》自身もきっと赤くなっているはずで、それは間違いなく夕陽《ゆうひ》のせいではなかった。

同じ高校の生徒が周囲にいないのを確認して、二人は一緒に下校している。

お弁当作戦の日以来、氷雨《ひさめ》は幸太《こうた》と帰りたがるようになった。クリスに言わせると、それは作戦の効果らしい。クリスと同盟を組んでもうすぐ三週間。着実に幸太《こうた》と氷雨《ひさめ》の親密度は上がっていた。

（落ち着け、俺……大丈夫だ。クリスも大丈夫と言っていただろ。今、切り出すんだ）

今日、幸太《こうた》には重大なミッションがあった。

氷雨《ひさめ》を休日デートに誘う、だ。

バイトと倹約をして資金は貯《た》まっていた。今週末は何としてでも彼女と外でデートしたい。

そのためには金曜日の今日、誘う必要がある。

「幸太《こうた》くん、お願いがあるのですが」

先手を打たれて、ビクリとした。

「な、何かな……？」

氷雨《ひさめ》はぎゅっと幸太《こうた》の手を握っている。

彼女の表情は国家の一大事に直面したみたいに真剣だった。思わず幸太《こうた》もごくりと息を呑《の》んでしまう。

「……しゅ……しゅぅ……しゅうぅ……！」

電車の走行音に紛れて氷雨《ひさめ》が何かを言っている。幸太《こうた》は顔を寄せた。

「しゅ、週末はっ……その、たくさん連絡が、欲しいです……」

言い終えるなり、氷雨《ひさめ》は俯《うつむ》いた。彼女の頭からプシューと湯気が出ている。

なんだ、そんなことか、と幸太《こうた》はほっとした。

「もちろんラインするよ。最近、俺たち毎晩、寝るまでラインしてるだろ」

氷雨《ひさめ》はこくり、と頷《うなず》く。

「……夜はよからぬ女狐《ヴィクセン》がいますからね」

「よからぬ、何だって……？」

氷雨《ひさめ》は虚空《こくう》を睨《にら》む。

「物のたとえです」

「はあ……」

「休日は特に危険です。女狐《ヴィクセン》が四六時中、幸太《こうた》くんの傍《そば》にいます」

氷雨《ひさめ》は幸太《こうた》の手をぎちぎちに握っている。少し痛い。幸太《こうた》の降りる駅を不明瞭なアナウンスが告げた。

「あ、あのさ、明後日《あさって》の日曜日、空いてるか？　デートしたいんだけど」

彼女の身体《からだ》がピクン、と跳ねた。

それでも氷雨《ひさめ》は前を向いたままだ。彼女の耳が赤くなっているように見えるが、真偽のほどはわからない。

平坦《へいたん》な声で氷雨《ひさめ》は言った。

「……空いてます」

「そっか。よかった。待ち合わせ場所とかはラインするんでいい？」

「はい」

氷雨《ひさめ》がデートを歓迎しているのかどうかは謎だが、ＯＫはもらった。電車のスピードが落ちてくる。

「じゃあ、また日曜日に」

幸太《こうた》は氷雨《ひさめ》に手を振り、電車を降りた。


「よっしゃあああっ——！」

駅のホームで幸太《こうた》は一人、快哉《かいさい》を叫んだ。

ついに氷雨《ひさめ》とのデートが決まったのだ。テンションもおかしくなる。

「おめでとう、ついにプロポーズの日が決まったのね」

後ろから声をかけられ、幸太《こうた》は振り向いた。同盟者のクリスは微笑《ほほえ》んでいる。

「本当にプロポーズ、するのか……？」

幸太《こうた》は「あー……」と頭をかいた。

「パパから連絡があったって言ったでしょ」とクリスは腰に手を当てる。

「海外出店のための準備は極めて順調に進んでいるわ。来週初めにはコータのパパが日本に帰ってくるのよ。プロポーズを決めるなら今週末がリミットだわ」

「はあ、休日デート自体、初めてだってのに……」

「元々、シビアなスケジュールなのはわかっていたはずよ。これまでわたしがグイグイ作戦を押し進めてきたのも、圧倒的に時間がないからで。……デート場所は彼女に伝えた？」

「いや、まだ。これからラインしようと思うけど」

「そう。その場所を聞いたときの彼女の反応が見たかったけど、まあいいわ」

デート場所はクリスの指示で、花畑《はなばたけ》遊園地に決めていた。県内で一番大きな遊園地だ。地元の子供たちなら幼稚園や小学校低学年くらいに行くし、幸太《こうた》自身も幼稚園の頃に行った記憶がある。

氷雨《ひさめ》にラインしようとしたところで、幸太《こうた》はふと手を止めた。

「なあ、本当にデート場所、花畑《はなばたけ》遊園地でいいんだよな？　もう少し大人っぽい場所のほうが氷雨《ひさめ》は好きそうだけど——」

「コータは知ってるかしら？　東城《とうじょう》さんが花畑《はなばたけ》遊園地のキャラクター、ポピーくんのシャーペンを持っていることを」

幸太《こうた》は首を横に振った。まったく知らなかった。

「さらに、彼女のカバンにはポピーくんのハンドタオルが。スマホケースの裏にはポピーくんのシールが。彼女の部屋の一番大きな箪笥《たんす》の奥にはポピーくんのぬいぐるみが——」

「ま、待ってくれ！　なんでおまえがそんなこと知ってるんだ⁉」

「わたしは同盟者よ」

クリスは得意げに笑った。

「カノジョのことも、コータのことも、すべてお見通しなの」

幸太《こうた》は思考を放棄した。

クリスの指示が間違っていたことなどない。ただの一度もだ。クリスと同盟を組んでから、幸太《こうた》は彼女に従っているだけでよかった。

ラインを終えると、クリスが幸太《こうた》の手を捉えた。指が絡《から》む。

「コータたちも大分、恋人らしくなってきたじゃない。ちゃんと手も繋《つな》げてたし。わたしと練習した甲斐《かい》があったわね」

クリスの顔が近い。

悪戯《いたずら》っぽく笑う彼女から、幸太《こうた》は思わず視線を逸《そ》らした。

これまで幸太《こうた》は女子と手を繋《つな》いだことがなかった。氷雨《ひさめ》に指一本触れられないでいたら、クリスが「練習するわよ」と言い出したのだ。

「まあ、おまえと練習したおかげで、氷雨《ひさめ》と手を繋《つな》ぐハードルは下がったというか……」

「それじゃあ今度は、次のステップね」

「次？」

そう、とクリスは間近で囁《ささや》いた。

「例えば、キスとか——」

「ばっ……！」

咄嗟《とっさ》にクリスから距離を取った。

自然と目が彼女の唇に吸い寄せられてしまう。

「……そんなことできるかよ」

低い声で幸太《こうた》は言った。

無防備にも唇を突き出しているクリスに怒りすら覚える。衝動のまま幸太《こうた》は声を荒らげた。

「それは練習でしていいことじゃないだろ⁉　軽々しく言うなよ。同盟者だからって、やっていいことと悪いことが——！」

「冗談よ」

幸太《こうた》は口を噤《つぐ》む。

くすくすと可笑《おか》しそうな声がした。ほとんど人がいない駅のホームにソプラノが響く。それは次第に大きくなり、やがてクリスはお腹《なか》を抱えて笑い始めた。

「もー、コータのバカ真面目っ。本気で怒らないでよ。冗談に決まってるでしょ」

あーおかしい、と目尻に滲《にじ》んだ涙をクリスは拭っている。

幸太《こうた》はバツが悪くなって顔を背けた。

「おまえの冗談はわからん……」

「わたしだってファーストキスを練習であげたりしないわ」

「ファ、ファーストキス⁉」

「なによ、なんで狼狽《うろた》えてるの？　わたしが過去に誰かとキスしたことあると思ってた？」

「や、そういうわけじゃ……だったらなおさら、さっきの冗談はないだろ！　俺が本気にしたらどうするつもりだったんだ⁉」

「ん？　だってコータのことだから、すぐにキスなんてできないでしょ？」

「ああその通りだよ……！」

完全に読まれた上で弄《もてあそ》ばれている。こいつには敵《かな》わないな、と幸太《こうた》が思ったとき。

ホームの横をゴオオオッと特急電車が駆け抜けた。

その轟音《ごうおん》に紛れて、

「……はああ、――――《キスしたかったな》……」

クリスが何かを言う。電車の突風に煽《あお》られ、長い金髪が舞っていた。そのせいで彼女の横顔は見えない。

特急電車が消えて、クリスはこっちを見た。底抜けに明るい顔だ。

「コータ、一緒に帰ろっ」

ああ、と幸太《こうた》は返す。

スカートの裾を翻《ひるがえ》すクリスを彼は追った。

「ねえ、ちょっといい？」

土曜の夜。幸太《こうた》が明日のデートに向けて準備していると、クリスが声をかけてきた。

「コータ、どうやってカノジョにプロポーズするつもりなの？」

「どうやってって——」

「今からわたしにプロポーズしてみて」

ええっ、と幸太《こうた》は言葉を詰まらせた。

クリスは試すように幸太《こうた》を見つめてくる。

「……いや、それは、無茶ぶり……」

「冗談よ」

ふふん、と彼女は笑った。

「コータがちゃんとプロポーズできるのかどうか、気になっただけ。ドラマとかでよくあるでしょ。跪《ひざまず》いて、パカって指輪出すやつ。コータはできるのかなーって」

「あ、ああ」と言ってから気付く。

「あっ、指輪！」

なんてものを忘れていたんだ、と思う。青ざめた幸太《こうた》に、クリスは首を振った。

「現実問題、指輪を用意するのは難しいわ。コータの資金的にもね」

「デート費用しか考えてなかったな……」

「そう思ったから、わたしが代わりになるものを用意しといたわよ」

クリスが小さな箱を差し出す。

開けてみて、幸太《こうた》は息を呑《の》んだ。

真紅の薔薇《ばら》が一輪、箱には収められていた。鮮烈な赤色に目を奪われる。

「プリザーブドフラワーよ。相手へ気持ちを伝えるのに、花をあげるのはなかなかいいアイデアだと思わない？」

「おまえ、いつの間にこんなものを準備したんだ……？」

「だって、わたしは同盟者だもの」とクリスは笑う。

「コータ、一本の薔薇《ばら》の花言葉って知ってる？」

「いや……」

「薔薇《ばら》って本数によって花言葉が違うんだけど、一本の薔薇《ばら》は『あなたしかいない』なの」

「『あなたしかいない』、か……」

ぴったりだ、と思う。

プロポーズするのは氷雨《ひさめ》しかいない。そう思ったから幸太《こうた》とクリスは今まで、あの手この手を尽くしてきたのだ。

「もう、悔いはない？」

「悔い……？」

「プロポーズを成功させるために、もっとこうしておけばとか、これをしたかったとか、思い残すことはない？」

幸太《こうた》が考えたのは一瞬。

「ないな」と彼は断言した。

「婚約解消同盟を組んで三週間。やれることはやっただろ。俺と氷雨《ひさめ》、最初の頃に比べたらめちゃくちゃ恋人らしくなったと思うんだ」

「そうね。そもそもスタート地点がひどかったんだけど」

「カノジョへの接し方がよくわからなかったんだよ。それで付き合って二か月、何の進展もなかった」

それがクリスが来てから、途端に変わり始めた。

氷雨《ひさめ》と一緒に登下校するようになったのも、一緒にお昼を食べるようになったのも、手を繋《つな》げるようになったのも。

すべてはクリスが導いてくれたから。

「後悔なんてしようがない。俺たちは全力でやった。そうだろ？」

ふっ、とクリスが声を洩《も》らした。

「ははっ、あはははは——っ！」

身体《からだ》を震わせ、クリスは壊れたように笑っている。何がおかしいのか幸太《こうた》にはさっぱりだ。

自分の台詞《せりふ》のどこに笑える要素があったのか。

「そうよね、コータ。わたしたちは全力を尽くしたわ。だから万が一、失敗してもそれはコータのせいじゃないの」

「俺のせいじゃない……？」

ええ、とクリスは冷めた表情になる。

「そのときは、コータの運命の相手は彼女じゃなかったのよ」

運命。

自分と氷雨《ひさめ》は運命で結ばれているだろうか——？　わからない。運命なんてものを感じたのは幸太《こうた》の人生で一度もない。

難しい顔になった幸太《こうた》に、クリスは明るく言う。

「もし仮にコータのプロポーズが失敗したら、わたしと失恋旅行に行きましょう」

「は⁉」

「プライベートジェットで南の島の別荘に連れて行ってあげる」

「何だそれ⁉　いや、ちょっと待てよ。プロポーズに失敗したらそんな気分になれないって」

「わたしが水着で慰めてあげるのに？」

おい……という言葉は掠《かす》れて声にならなかった。

クリスはにっこりと笑っている。

「……冗談だよな？」

またからかってるんだろう、と思う。

案の定、クリスは言った。

「冗談よ」

くるりと背を向け、彼女は和室の襖《ふすま》を開ける。

「おやすみ、コータ」

幸太《こうた》の返事を待たず襖《ふすま》は閉じられた。

妙に素っ気ない。もしかしたら同盟者のクリスも緊張しているのかもな、と幸太《こうた》は思った。


翌朝、日曜日。

花畑《はなばたけ》遊園地の入り口にて、幸太《こうた》は氷雨《ひさめ》を待っていた。

現在時刻は九時五十五分。待ち合わせは十時だが、幸太《こうた》は三十分も前から待っていた。クリスに女子を待たせるのはダメよ、と家を追い出されたからである。

「おまえも遊園地に来るのか？」

家から出る際に幸太《こうた》はクリスに訊《き》いた。

クリスは上機嫌に笑う。

「コータもわたしのことをわかってきたじゃない」

「おまえは同盟者だろ。最後の作戦をおまえが丸投げするわけないと思ってな」

「今回、わたしは遠くから見守るだけよ。いちいち台詞《せりふ》を指示したりはしないわ」

そうか、と幸太《こうた》は少し不安になった。

「不安がることはないわ。今日は遊園地で不思議なことがたくさん起こるもの」

「何だそりゃ」

「コータのプロポーズが成功するように、わたしが遊園地に仕掛けを施しておいたのよ」

「仕掛けって何だよ。遊園地に何か仕掛けられるもんか!?」

「忘れたの？　わたしは世界のクリスティーナ・ウエストウッドよ」

得意げに彼女は笑う。

「コータは流れに身を任せるだけでいいわ。それでデートは上手《うま》くいくのよ」

唖然《あぜん》としたが、同時に安堵《あんど》も覚えていた。これまで幾度もクリスの作戦に救われてきたのだ。

今回だって彼女を信じれば間違いない。

「お待たせしました」

いきなり声をかけられ、幸太《こうた》はビクっと顔を上げた。

（うわあ、氷雨《ひさめ》の私服……！）

初めて彼女の私服を見た。制服を着ているとかっちりとした印象だが、私服の彼女はとても女の子っぽい。胸が大きいのがよくわかる。

氷雨《ひさめ》が居心地悪そうに身を捩《よじ》った。

「今日はデートのお誘い、ありがとうございます」

「いやいや、俺のほうこそ、なかなかデートに誘えなくてごめん……」

「デート場所をここにしたのは、何か理由があってのことですか？」

氷雨《ひさめ》は遊園地の入場ゲートを振り仰いだ。午前中の太陽が、ポピーの花を模したゲートに反射している。

まさかクリスが決めたから、と言うわけにはいかない。幸太《こうた》は頭をかいた。

「えっと、氷雨《ひさめ》が好きかな、と思って……」

「……そうですか」

どこか不本意そうな声だ。機嫌を損ねたのかと幸太《こうた》は息を詰める。

「わたしは確かにこの遊園地のキャラクターが好きです。ですが、それは元々、幸太《こうた》くんが……」

そこで氷雨《ひさめ》は言葉を止める。

逡巡《しゅんじゅん》している氷雨《ひさめ》を幸太《こうた》は覗《のぞ》き込んだ。

「元々、俺が……？」

目が合うと、氷雨《ひさめ》はふいと顔を背けた。

「行きましょう。過去より今の時間が大切です」

ストレートの黒髪をなびかせ、氷雨《ひさめ》はゲートへ向かってしまう。幸太《こうた》は慌てて氷雨《ひさめ》に寄り添った。彼女の手に自分の手を滑り込ませる。

氷雨《ひさめ》はそっぽを向いていたが、幸太《こうた》の手を握り返してくれた。


二人で入場ゲートを潜《くぐ》ったときだった。

「おめでとうございま～す！」

パンパカパーンと音がして、頭上でくず玉が割れた。

遊園地のスタッフと着ぐるみのキャラクターが寄ってくる。パチパチと周囲のスタッフからも拍手をされ、幸太《こうた》と氷雨《ひさめ》は瞬《また》いた。

「ちょうど一千万人目の来場者です！　おめでとうございます！」

笑顔でやってきたスタッフは「記念です」と言って、二人の服にシールを貼る。ポピーくんのシールだ。

『祝　一千万人来場！』という垂れ幕を目にして、幸太《こうた》は確信する。

（不思議なことってこれか！）

『今日は遊園地で不思議なことがたくさん起こるもの』というクリスの声が甦《よみがえ》る。これはきっとクリスの作戦に違いない。

「びっくりしました。こんなことあるんですね」

氷雨《ひさめ》は無表情で服のシールを見つめている。

「今日はいいことがありそうです」

ぽつり、と零《こぼ》した氷雨《ひさめ》は嬉《うれ》しそうだ。幸太《こうた》は内心でガッツポーズを決めた。

よく晴れた日曜日だ。

遊園地には多くの来場者がいた。家族連れやカップルの姿が目立つ。時折、ジェットコースターから悲鳴が響いてきていた。

「どこから巡ろうか」

幸太《こうた》は園内マップを広げて見る。

デートの最後にプロポーズする場所は決めている。園内の一番奥にある噴水広場だ。暗くなるとライトアップされるらしく、そこが最も雰囲気がいいとクリスは言っていた。

昼間は普通に遊んで、氷雨《ひさめ》と仲良くなりたいところだが——

「幸太《こうた》くん、お願いがあるのですが」

「何？」

「あの射的に挑戦してもいいですか？」

氷雨《ひさめ》が指さすほうには、大きな射的があった。

「いいよ、行こうか」

「ありがとうございます」

氷雨《ひさめ》は射的で早速、百円を払い、スタッフからコルク銃を受け取った。それを的に向けて構える。

氷雨《ひさめ》みたいな凛《りん》とした雰囲気の女の子が銃を持つとカッコいい。彼女の新たな魅力に幸太《こうた》が目を奪われていると、

「……ダメですね。全然、落ちません」

持ち弾を使い切った氷雨《ひさめ》が肩を落とした。

「何を狙ってるの？」

「メガ・ポピーくん人形です」

射的のひな壇には、一抱えもあるぬいぐるみがあった。真っ赤なポピーが顔になっているが、あの大きさだと太陽みたいだ。

「メガ・ポピーくん人形はお土産屋さんで買えません。射的にしかないんです」

「詳しいな」

「何度か来てますので」

パンッという音と、子供たちの声が響く。家族連れがメガ・ポピーくん人形よりずっと小さいぬいぐるみを狙っていた。しかし、それでも撃ち落とせていない。

「なるほど、あの大きさだと落とすのは至難の業《わざ》っぽいな」

「はい。コルクは当たるのですが、落ちてくれません」

「俺もやってみようかな」

幸太《こうた》はスタッフの人に百円を払った。コルク銃を渡される。

巨大なぬいぐるみに照準を合わせて、幸太《こうた》は思った。

(ここで彼女にあれを取ってあげられたらいいんだけど、俺、射的自体初めてだからな……)

ダメ元で幸太《こうた》は引き金を引いた。パン、と大きな音がする。

直後、人形が傾いた。

「「えっ⁉」」

声を上げたのは氷雨《ひさめ》だけではなく幸太《こうた》もだった。

まず落ちそうにないポピーくん人形が呆気《あっけ》なくひっくり返り、落ちる。

「幸太《こうた》くん、すごいですっ……！」

氷雨《ひさめ》の興奮した声がした。

「初めて落とした人見ました！　やりましたねっ！」

彼女は幸太《こうた》の腕にぎゅっとしがみつき、歓声を上げている。腕が異次元の柔らかさを感じて、幸太《こうた》は慌てて「景品もらってくるよ」と氷雨《ひさめ》から離れた。

（マジかよ……こんなことあるか⁉）

ない。普通はありえない。

なら、これはクリスの作戦なのだろう。

氷雨《ひさめ》の好感度を上げるために、遊園地には確かに仕掛けが施されているのだ。

幸太《こうた》がスタッフの元へ行き、ぬいぐるみを受け取ったときだった。

「うわーん、ぬいぐるみぃぃぃっ！」

子供の泣く声がした。

小学低学年くらいの男の子が幸太《こうた》の手にある人形を見て、ギャン泣きしている。近くにはお母さんがいて彼を窘《たしな》めていた。

「泣かないの！　お土産屋さんで別のを買ってあげるから……」

「やだやだ、一番大きいのじゃないっ！　あれがいいの！」

「我儘《わがまま》言わないで。今度来たとき、また取ればいいじゃない」

「今度っていつ⁉　明日ヒコーキ乗るのに⁉」

参ったなあ、と思う。

だが、幸太《こうた》だってこれは譲れないのだ。この人形は氷雨《ひさめ》にあげるものだ。彼女にプレゼントし、氷雨《ひさめ》の好感度を少しでも稼ぐ作戦で——

「あの、よければどうぞ」

幸太《こうた》は母子にぬいぐるみを差し出していた。

男の子がぴたりと泣《な》き止《や》み、母親が驚いた顔で幸太《こうた》を見る。

……せっかくのクリスの作戦を台無しにしているのはわかっている。けれど、泣いている子供を無視できなかった。まして、これはズルをして取ったものだ。

「え、そんな、いただくわけには……」と母親が狼狽《うろた》えるが、幸太《こうた》は首を振った。

「俺は地元民なので、いつでもここに来れます。人形はまた今度取りますよ」

これはクリスの作戦だから取れたのだ。次来ても、きっと取れない。わかっていたが、幸太《こうた》は言った。

男の子に人形を手渡す。巨大なぬいぐるみを抱えた彼は「……ありがと」と笑った。「すみません」とペコペコ頭を下げた母親と子供は去っていく。

それを見送るなり、幸太《こうた》は氷雨《ひさめ》に駆け寄った。

射的の景品を眺めている彼女に、勢いよく頭を下げる。

「ごめん、氷雨《ひさめ》！　さっきの人形、旅行客の子が欲しがってたから、つい——！」

取れたときあれだけ喜んでいたのに、勝手に他の人にあげてしまったのだ。怒られる、と幸《こう》太《た》は覚悟するが、

「……とても幸太《こうた》くんらしいと思います……」

え、と幸太《こうた》は顔を上げる。

氷雨《ひさめ》は明後日《あさって》のほうを向いていた。

「これでもう一度、幸太《こうた》くんとここに遊びに来る理由ができましたね」

「え、それって……」

「人形はまた今度、取ってください」

言うなり、彼女はさっさと歩き出してしまう。

（それは、次のデートもしてくれるって意味か……？）

考えていると、氷雨《ひさめ》が途中で立ち止まる。チラ、とこっちを振り向く彼女に、幸太《こうた》は急いで駆け寄った。

◆◆◆

場所は変わって、遊園地の中央。園内を一望できる高台への入り口には今日だけ、立入禁止の札がかかっている。

その高台の頂上では、

「ああああこれがコータよねえ！　自分の作戦より、泣いてる子供の気持ちを優先する。なんて優しいのかしら！　はああ、好き好き好きいいぃぃ！」

双眼鏡を覗《のぞ》くクリスが悶《もだ》えていた。大きなヘッドホンをした彼女は金色のツインテールを振り乱している。

ヘッドホンからは幸太《こうた》と氷雨《ひさめ》の会話が流れてきていた。

二人が入場した際に付けられた記念のシール。そこには盗聴器とＧＰＳ発信機が取り付けられている。ちょうど一千万人というのはもちろん嘘《うそ》だ。

黄色い声を上げてジタバタするクリスを、漆黒のメイドが窘《たしな》める。

「……お嬢様、静かにしていただかないと無線が聞き取れません」

高台の頂上は大型の無線機やスピーカー、モニター画面などがずらりと並び、物々しい雰囲気になっていた。それを一手に操作するのはホオズキだ。

ザザ、とノイズが入り、スピーカーから女性の声がした。

『チーム〇〇二一、オペレーションＢ成功しました』

「……了解」

ホオズキはトランシーバーで返す。

クリスは双眼鏡で旅行客の母子を見た。幸太《こうた》が人形をあげた母子だ。母親がトランシーバーをカバンにしまっている。

「ふふっ、何人がこの作戦に動員されているの？」

「……五〇三六人です」

ホオズキが園内マップを表示したモニター画面——そこで動くGPS信号を見ながら返す。

「……豪山寺《ごうざんじ》幸太《こうた》と東城《とうじょう》氷雨《ひさめ》を除き、本日園内にいる人間全員がサクラです」

エクセレント、とクリスは口角を持ち上げた。

巨大なぬいぐるみが落ちたのはクリスの作戦だと幸太《こうた》は見抜いただろう。けれど、あの母子までが作戦《オペレーション》の一環《B》だったと彼は気付かなかったに違いない。

幸太《こうた》のプロポーズを順調に運ぶため、クリスは遊園地を貸し切っていた。今日の従業員と来場者は全員、この作戦のためだけにクリスが雇った人たちである。莫大《ばくだい》な資産を持つクリスだからこそできる荒技だ。

これで幸太《こうた》たちが園内でどこへ行こうと、ホオズキが無線で指示を飛ばし、様々なイベントを意図的に起こせる。

双眼鏡の先にいる幸太《こうた》を見つめ、クリスは不敵に笑った。

「さあ、コータ。これが世界のクリスティーナ・ウエストウッドよ。プロポーズまで突っ走るがいいわ！」

「……総員に告ぐ。対象はポピーランド・アドベンチャーへ向かっている。これよりオペレーションEに入る」

＊＊＊

幸太《こうた》たちはアトラクションに乗ることにした。手近にあったポピーランド・アドベンチャーに並ぶ。

このアトラクションは二人乗りの小さなトロッコで洞窟を巡るものだ。絶叫系とかではないので、安心して乗れる。

「意外と早く乗れたな」

「そうですね。並び具合からもう少し待つかと思いましたが」

混雑しているように見えたが、五分程度で幸太《こうた》たちの順番がやってきた。

スタッフに「どうぞ」と促され、氷雨《ひさめ》からトロッコに乗り込んだ。幸太《こうた》も隣に座る。

「危険なので、何があっても絶対トロッコから出ないでくださいね」

注意事項の説明を受けて、トロッコは勢いよく走り出す。

洞窟は壁も天井も花に覆われていた。一面の花の中、幸太《こうた》と氷雨《ひさめ》は二人きりになる。

「氷雨《ひさめ》はさ、この遊園地、たまに来てるんだろ」

「はい」

「誰と来てるんだ?」

さっきから疑問だったのだ。

高校で氷雨《ひさめ》が誰かと親しくしているのは見たことがない。遊園地に遊びに行くような友人が校外にいるのだろうか？

「兄と来ています」

「へえー、お兄さんいるんだ！　意外だな」

「意外、ですか」

「いやうん、勝手なイメージだけど、一人っ子かと……」

教室では孤高の存在だから、そう思えてしまうのだろう。

「氷雨《ひさめ》のお兄さんもやっぱり天才なのか？」

「……いえ。兄はわたしと違って、普通です」

言い回しに妙な引っかかりを感じた。

幸太《こうた》は横を見る。氷雨《ひさめ》は無表情に、花の壁を瞳に映していた。

「もしかして氷雨《ひさめ》ってさ、『天才』って言われるの、嫌い？」

思い返す。これまで彼女と一緒にいた時間を。重ねてきた会話を。垣間見《かいまみ》えた表情を。

恐る恐る訊《き》いた幸太《こうた》に、氷雨《ひさめ》ははっきりと返した。

「嫌いです」

「なんで……」

「ヘン、だからです」

凡人の幸太《こうた》には、その意味はすぐには理解できない。

ガタガタというトロッコの走行音に、氷雨《ひさめ》の声が混じった。

「天才……そう言われるとき、他者との壁を強く感じます。事実、クラスの皆はいつもわたしを遠巻きにして気遣っています。わたしが会話に加わると、空気がぎこちなくなります。それはわたしがどこか他人と違って、ヘンだからなのでしょう」

目を落とし、氷雨《ひさめ》はひっそりと息をつく。

「わたしは普通になりたかったです。天才なんて――」

「違うよ、氷雨《ひさめ》！」

幸太《こうた》は勢い込んで言っていた。

「みんな氷雨《ひさめ》をすごいと思ってるから遠慮してるんだよ！　ヘンだからじゃない。みんな、本当はもっと氷雨《ひさめ》と話したいんだよ」

「そうでしょうか。にわかには信じられません」

「そうだよ！　だって、氷雨《ひさめ》はたくさん告白されてるだろ。それはつまり、もっと氷雨《ひさめ》と仲良くなりたいって思ってる人が大勢いる証拠じゃないか」

氷雨《ひさめ》が一つ瞬《またた》いた。

「あれは、そういう意味だったのですか……」

「他にどういう意味があるんだよ！」

「いえその……わたしの身体《からだ》に興味があるのかと……」

氷雨《ひさめ》は恥ずかしそうに俯《うつむ》く。その視線を追った幸太《こうた》は、重量感のある胸元を目にして、

「そっ、それも含めて氷雨《ひさめ》の魅力だろ！」

急いで顔を横向けた。

「ヘン、なんて思うのは絶対に違う。氷雨《ひさめ》はそのままで十分魅力的だよ。天才なのを引け目に思う必要なんかないんだ！」

「幸太《こうた》くん……」

ブツン、とすべての照明が落ちた。

氷雨《ひさめ》が小さく悲鳴を上げる。唐突に真っ暗になり、トロッコが停止していた。

「何だ……？」

幸太《こうた》の緊迫した声が洞窟に反響する。

と、洞窟内のスピーカーから音声がした。

『乗車中の皆さま。停電が発生し、申し訳ございません。復旧まで少々お待ちください』

「停電か……」と言いつつ、幸太《こうた》は考えていた。

（これもクリスの作戦だな）

こういう施設が停電なんて滅多にないだろう。クリスの作戦と考えるのが自然だ。

スマホを出して明かりを確保したいが、生憎《あいにく》、荷物は全部トロッコに乗る前にロッカーに預けている。

「氷雨《ひさめ》、大丈夫か……？」

隣の闇に幸太《こうた》は問いかけた。

はい、と声が返ってくる。

「わたしは……大丈夫です……」

本当かな？　と思った。氷雨《ひさめ》の声が不安そうに聞こえたのだ。

視界は完全な暗闇で、何も見えない。

「氷雨《ひさめ》、横に手伸ばして」

「……こう、ですか？」

幸太《こうた》の肩に氷雨《ひさめ》の指先が触れる。その手を捕まえた。氷雨《ひさめ》の身体《からだ》が跳ねるのがわかる。

「手繋《つな》いでれば、心細くないかと思って」

「……そうですね」

声は素っ気なかったが、氷雨《ひさめ》は幸太《こうた》の手をぎゅっと握り返してきた。

「幸太《こうた》くんの手、温かいですね」

そう言う氷雨《ひさめ》の手は冷えている。

さっきから洞窟内にはスースーと冷たい風が流れてくるのだ。まるで温度設定を間違えた冷房みたいな風だ。

「寒い？　俺の上着貸そうか？」

「いえ、それだと幸太《こうた》くんが冷えてしまいます。結構です」

断られてしまったが、氷雨《ひさめ》は寒そうだ。

（これはもしや、氷雨《ひさめ》を温めるために抱き締めたほうがいいのか？　そういう作戦なのか、この風は⁉）

クリスに問いただしたいが、辺りは真っ暗で「指示」はない。

迷った末、幸太《こうた》は氷雨《ひさめ》との距離を詰めた。彼女の腕を引き寄せる。

「幸太《こうた》くん……？」

怪訝《けげん》な声がした。

氷雨《ひさめ》の肩に手を置くが、嫌がる素振りはない。

ドキドキする。女子を抱き締めたことなんてない。氷雨《ひさめ》の息遣いを間近で感じる。

意を決した幸太《こうた》は彼女を抱き寄せ——

パッと照明が点《つ》いた。二人の姿が露《あらわ》になる。

トロッコの中、幸太《こうた》と氷雨《ひさめ》はほとんど抱き合っていた。少し顔を近付ければ、唇が触れそうな距離で。

「「～～～～っっっ‼」」

目を白黒させた二人は勢いよく離れる。

『お待たせいたしました。ただ今より発車いたします』

スピーカーから音声が流れ、トロッコが動き出す。ガタゴトと走行音が響く中、顔を真っ赤にした二人はトロッコの両端で身体《からだ》を固くしていた。

◆◆◆

高台にあるモニターには、トロッコで赤くなっている二人が映し出されている。ホオズキは眼鏡をくい、と持ち上げた。

「…………お嬢様、いささか照明を点《つ》ける合図が早かったのでは？」

「そんなわけないわ！　あれ以上、二人を接近させたらダメに決まってるじゃない。大体、この作戦は何？　危うくキスするところだったじゃない！」

「……すべての作戦はお嬢様の指示通りですが」

歯軋《はぎし》りしたクリスは地団駄を踏む。

「わかってるわよっ！　次のオペレーションに移行しなさい！」

＊＊＊

お昼時になり、幸太《こうた》たちはレストランエリアに向かった。不意に氷雨《ひさめ》が足を止める。

「あら、このレストラン……」

「どうかしたのか？」

「ラーメン屋さんになったんですね」

氷雨《ひさめ》は建物の看板を見上げていた。

「以前は違ったのか？」

「はい、前はハンバーグやオムライスを出す洋食屋さんでした」

遊園地に来る客層的にも、洋食屋のほうがニーズはあるだろう。建物もファミレスっぽくて、ラーメンと書かれた看板がどこか浮いている。

「どうする？　和食レストランはあっちにあるみたいだけど」

「あの、幸太《こうた》くん」

ラーメン屋をスルーした幸太《こうた》を氷雨《ひさめ》が引き留めた。

幸太《こうた》の手をぎゅっと握り、氷雨《ひさめ》は十年来の罪を告白するみたいに告げる。

「わたし、恥ずかしながらラーメン屋さんに入ったことがありません……！」

「いや、恥ずかしがらなくていいよ。ラーメン屋に入ったことがある女子のほうが少数派なんじゃないかな」

幸太《こうた》はたまに店の手伝いをするが、女性客はあまり見ない。

「ですが、やはりラーメン屋さんは知っておくべきだと思うのです」

「ん、んん？　それは、どうして……？」

それは——、と言った氷雨《ひさめ》は詰まってしまう。

「……そ、それはですね、えっと、その……」

視線をグルグルさせ、彼女は意味のない言葉を紡《つむ》ぐ。

いきなり様子がおかしくなった氷雨《ひさめ》に、幸太《こうた》は首を傾《かし》げた。

「……わたしが、幸太《こうた》くんの……こ……こ………！」

茹《ゆ》で上《あ》がった顔で氷雨《ひさめ》は何かを言おうとしている。が、その声はあまりに小さく聞き取れない。

幸太《こうた》たちの傍《そば》を小学生グループがはしゃいで駆けていき、家族連れが「お昼どうしようか」なんて会話をしながら通り過ぎていった。

（もしかして今日の彼女はラーメンを食べたい気分、なのだろうか……？）

女子にとってラーメン屋に入るのは、なかなかハードルが高いと聞く。もしや氷雨《ひさめ》は、自分からラーメンが食べたいと言い出せないのではないか——？

「お昼、ラーメンがいい？」

幸太《こうた》の問いかけに、氷雨《ひさめ》の口がぽかん、と開く。

次の瞬間、彼女はキリッと表情を引き締めた。

「はい！　是非ご教授願います」

デートでラーメンはＮＧと思っていたが、氷雨《ひさめ》が望むなら断る理由はない。幸太《こうた》たちはラーメン屋に向かった。


昼食の時間だが、店内に客はまばらだった。ファミレスみたいな窓際《まどぎわ》の四人席に案内され、幸太《こうた》たちは向かい合って座る。

「すみません、今気付いたのですが」

メニューを見た氷雨《ひさめ》は深刻な面持ちになる。

「幸太《こうた》くんはラーメンでよかったのですか……？」

「え、俺は別にいいけど？」

「ラーメンは毎日食べていて、飽き飽きしているのでは」

「ないない。家ではまずラーメン食べないから」

苦笑して幸太《こうた》はメニューを捲《めく》った。

「氷雨《ひさめ》こそラーメンで大丈夫なのか……？　ラーメンはその……甘くないけど……」

「今日はまず、ラーメン屋さんでの作法を教えていただきたいのです」

「作法なんかないよ⁉　ラーメンを勘違いしてるって！」

注文を決めて店員に伝える。この後、アトラクションをどういう順番で回ろうか氷雨《ひさめ》と相談していると、

「お客様の中にラーメン屋さんはいらっしゃいませんか～？」

「っ⁉」

飲んでいた水を噴きそうになった。

見れば、数人の店員が同じ言葉を繰り返してウロウロしている。求められているのは「お医者様」ではなく「ラーメン屋さん」だ。聞き間違いではない。

（な、なんだその状況⁉　アホすぎだろ、クリス――っ！）

これは疑う余地もなくクリスの作戦である。こんなことがリアルであってたまるか。

店員が弱りきった顔をして幸太《こうた》たちのテーブルにやってくる。

「お客様、申し訳ございません。先ほど、調理担当が持病の発作を起こしてしまい、ラーメンを茹《ゆ》でられる方が見つからないと、お客様たちのお料理をお出しできないんです」

（ふざけたシチュエーションのわりに設定重っ！）

氷雨《ひさめ》は、まあ、と言うように口元に手を当てていた。店員の言葉を完全に信じているようだ。

「その場合、すみませんが、よそで食事をしていただくことに……」

（なんてこった。こんな安い茶番に乗るのか……）

がっくりとしたが、クリスの作戦だ。やるしかない。

「あー、えーっと、俺の家はラーメン屋ですが」

幸太《こうた》が言うと、店員がぱっと顔を明るくした。「調理場にご案内します！」と促してくる。

大した演技力だ。クリスは劇団員でも雇ったのか。

大方、この作戦の筋書きは、ここで幸太《こうた》が氷雨《ひさめ》の口に合うラーメンを作るのだろう。

観念して幸太《こうた》は席を立った。

「幸太《こうた》くん」と声をかけられる。

「初めてのラーメン、楽しみです」

氷雨《ひさめ》は頰を上気させ、期待に満ちた顔をしていた。

そんなキラキラした目で見られたら惰性で作るわけにはいかない。幸太《こうた》は彼女のために精一杯調理しようと思った。

◆◆◆

クリスは腰に手を当て、ムスッとモニターを見つめる。

そこでは幸太《こうた》と氷雨《ひさめ》が仲睦《なかむつ》まじくラーメンを食べていた。

「ねえ、わたしの分のラーメンは？　わたしもコータが作ったラーメンをオーダーするわ」

「……豪山寺《ごうざんじ》幸太《こうた》は二杯しか作っておりません」

「なんで⁉　なんでそれしか作らせてないのよ⁉」

「……作戦の進行上、豪山寺《ごうざんじ》幸太《こうた》に余分なラーメンを作らせる時間はなく──」

「ええええ、わたしもコータのラーメン食べたかったのにいいいぃぃ……‼」

＊＊＊

「本当に今日は遊園地の機材トラブルが多いですね」

氷雨《ひさめ》がぽつりと零《こぼ》した。

幸太《こうた》はびくりとする。

「あ、ああ、そうだな……」

（クリス、おまえ最後だからってやりすぎてないか……？）

食事の後にジェットコースターや空中ブランコ、観覧車などに乗ったが、全部、途中で止まるなどのトラブルに見舞われていた。明らかにこの遊園地はおかしい。

「でも、なんだか幸太《こうた》くんがとても頼もしく見えました」

「ジェットコースターが停《と》まっても取り乱さないのは尊敬しました」

「え……」

「──」

取り乱さなかったのは、クリスの作戦と知っているからだ。幸太《こうた》は返答に窮してしまう。

（氷雨《ひさめ》の機嫌はよさそうだな……）

幸太《こうた》は横目で彼女を窺《うかが》った。さっきから幸太《こうた》と氷雨《ひさめ》の手は恋人繋《つな》ぎになっている。クリスの作戦は成功したのだ。二人の距離は今までで一番近くなっている。

幸太《こうた》たちは園内の奥まで来ていた。

この先にはいよいよ最終決戦場、噴水広場がある。

幸太《こうた》は氷雨《ひさめ》の手を引き、広場へ促す。彼女が広場に繋《つな》がる階段に足をかけたとき、
ぽっ、と。

階段の両脇にあるライトが灯《とも》った。

それを合図に階段には次々と光が点《つ》いていく。まるで幸太《こうた》たちを出迎えるように噴水広場は光に包まれた。

氷雨《ひさめ》がため息をつく。

「綺麗《きれい》、ですね……」

「夜の広場を見るのは初めて？」

「はい。いつも夕方には帰ってしまうので」

円形の広場の中央にはライトアップされた大きな噴水がある。

その周りは石畳で、噴水が観賞できるようベンチが円形に並んでいた。ベンチの後ろは花畑が広がり、深い赤色のチョコレートコスモスが咲き乱れている。

ロマンチックな場所なのに、来園者は誰もいなかった。きっとクリスが仕組んだんだろう。

幸太《こうた》たちはベンチに並んで座った。

ざあざあと噴水が音を立てている。

(今……今、プロポーズを切り出すのか……？　ヤバい、いざとなったら緊張してきた……)

ここまで来たのに、日和《ひよ》ってしまいそうだった。

クリスの後押しを求めて幸太《こうた》は視線を巡らせるが、噴水にも花畑にもそれらしきものは見当たらない。幸太《こうた》の背に汗が滲《にじ》む。

「なんだか夢みたいです」

唐突に言われ、幸太《こうた》はビクついた。

「そ、そんなにこの景色、気に入った？」

いえ、と氷雨《ひさめ》は首を一つ振る。

「幸太《こうた》くんとこうしてデートしてることが、です」

どくん、と心臓が跳ねた。

「……幸太《こうた》くんは憶《おぼ》えていませんよね。わたしたち同じ幼稚園に通っていたんです」

「え」

思わず氷雨《ひさめ》を見た。

噴水を見つめる横顔に長い髪がかかっている。

「この遊園地のキャラクターをわたしに初めて教えてくれたのは幸太《こうた》くんでした」

「ええっ!?」

「幸太《こうた》くんが遊園地のお土産でくれたんですよ」

「……ごめん、記憶力が悪くて……」

謝らないでください、と氷雨《ひさめ》は俯《うつむ》く。

「それと、ラーメン屋さんごっこ」

「っ!?」

「よく一緒に遊びました」

幼き日がざあっと脳裏を走る。

（まさか。まさか、氷雨《ひさめ》があのときの「お嫁さん役」だった……？）

長い髪の女の子。

幸太《こうた》の記憶にあるのはそれだけだ。

その子が氷雨《ひさめ》だったとしても——何もおかしくない。

「わたし、その頃から話下手で、他の子と仲良くできなかったんです。ヘンだって言われて、遊びに入れてもらえなくて」

氷雨《ひさめ》は膝の上に置いた手をぎゅっと握り込む。

「でも、幸太《こうた》くんだけはわたしをラーメン屋さんごっこに誘ってくれました」

本当に嬉《うれ》しかったんですよ、と彼女は零《こぼ》す。

(憶《おぼ》えているというのか――。あのときした「約束」を。ケッコンしようね、と誓い合ったことを)

だとしたら、運命だ。

これが運命でなくて何なのだ。

幼稚園のときに婚約し、高校で偶然再会し、幸太《こうた》はまた彼女を好きになった。

幸太《こうた》の視線に耐えきれなくなったかのように、氷雨《ひさめ》はベンチを立った。噴水に向かって歩いていく。

「高校に入って、すぐにあのときの幸太《こうた》くんだとわかりました。高校生になってもあなたは変わっていませんでした。周りと打ち解けられないわたしに、あなたは付き合ってくれます。わたしにそのままでも魅力的だと言ってくれます。わたしは――」

噴水を見上げ、彼女の言葉は途切れる。

「……わ、わたしは、幸太《こうた》くんの恋人になれて、し……し……し………」

頑《かたく》なに背を向ける氷雨《ひさめ》。その声を聞くべく、幸太《こうた》は立ち上がった。

心の奥底ではずっと不安に思っていた。

氷雨《ひさめ》は幸太《こうた》との交際を、本当はどう思っているのか。

ただ幸太《こうた》の熱意に押されて、告白を受けてしまっただけではないのか。

そうだとしても、氷雨《ひさめ》は幸太《こうた》に少しでも好意を抱いてくれているのか。幸太《こうた》と付き合って後悔していないのか。

ざあざあとした水音は他のすべての音をかき消す。幸太《こうた》の足音さえも。

氷雨《ひさめ》は幸太《こうた》に聞こえないのを悟り、ささやかに心の内を洩《も》らした。

「……わたしは幸せです。幸太《こうた》くんの恋人になれて」

「俺もだよ、氷雨《ひさめ》」

っ、と氷雨《ひさめ》の身体《からだ》が跳ねた。

ばっと振り向いた彼女は、見事に真っ赤だった。幸太《こうた》を認め、氷雨《ひさめ》はパクパクと口を開閉させる。

「なっ、なっ、なっ……！」

彼女は壊れてしまったみたいだ。「ぅぅ〜〜〜〜」と悲鳴にも似た声を出して悶《もだ》え、泣きそうに顔を歪《ゆが》める。

「ひっ、卑怯《ひきょう》です……！　後ろから忍び寄るなんて……！」

「普通に歩いてきたんだけどな」と幸太《こうた》は苦笑した。

「氷雨《ひさめ》の言葉を聞いて安心したよ。氷雨《ひさめ》が俺といてつまらないんじゃないかって、ずっと不安だったんだ」

「……そ、そんなこと……な、ない……です……」

視線をぐるぐると彷徨《さまよ》わせて懸命に声を絞り出す氷雨《ひさめ》。

今ならいける、と思った。

プロポーズに踏み切るなら今しかない。

(これは成功するんじゃないか、クリス⁉)

氷雨《ひさめ》はちゃんと幸太《こうた》のことが好きだった。

しかも幸太《こうた》たちは幼稚園のときにケッコンの約束までしている。氷雨《ひさめ》が「お嫁さん役」だったのだ。

跪《ひざまず》いた幸太《こうた》に、氷雨《ひさめ》が瞬《まばた》く。

「……幸太《こうた》くん?」

細やかな水飛沫《みずしぶき》が光に反射する中、幸太《こうた》はカバンに手を入れた。そこからプリザーブドフラワーを出す。

一輪の薔薇《ばら》。『あなたしかいない』。

「氷雨《ひさめ》——」

幸太《こうた》がプロポーズの言葉を告げようとしたとき、
カツン、とヒールが鳴った。

◆◆◆

時は少し遡る。

幸太《こうた》のプロポーズを直《じか》に見届けるため、クリスはホオズキと共に高台から場所を移動していた。

チョコレートコスモスの花畑にクリスたちは身を潜める。視線の先にはベンチで並ぶ幸太《こうた》と氷雨《ひさめ》だ。

「雰囲気はばっちり。コータは彼女の心を摑《つか》んだわね」

ヘッドホンからは幼稚園のときの話が聞こえてくる。

（へえ、あのキャラクターにそんなエピソードがねえ……）

ポピーくんが氷雨《ひさめ》にとって、大事なものであるのはホオズキの調査でわかっていた。だからプロポーズ場所をこの遊園地にしたのだ。

まさかそれが、幼稚園のときの幸太《こうた》に繋《つな》がるとは。

(予想外だわ。でも何故《なぜ》彼女は、そんな幼いときの思い出を大切にしているのかしら——?)

クリスにも、幸太《こうた》とラーメン屋さんごっこをした記憶が鮮明に残っている。だがそれは、父親から幸太《こうた》が婚約者と聞かされたからだ。

(彼女は高校でコータと再会する保証もなかったはずよ。まして、恋人になるだなんて。どうして幼い思い出に縋《すが》るように、キャラグッズを……?)

クリスが考えている間にも幸太《こうた》たちの会話は進んでいく。

「……お嬢様、緊急事態です」

「何よ」

ホオズキに目を向ける。

クリスと同じくコスモス畑にしゃがんでいるメイドは、いつになく緊迫した表情だった。

「あなたが焦《あせ》るなんてね。十秒後にここが爆破されるのかしら」

「……東城《とうじょう》氷雨《ひさめ》の婚約者がたった今、判明しました」

「随分手間取ったわね、その情報。で、どこの誰?」

ホオズキはクリスの耳に口を寄せる。

その名を聞いたとき、クリスの身体《からだ》に電流が走った。

自分の顔から一切の笑みが消えているのを自覚する。ホオズキが躊躇《ためら》いがちに「……確かな情報でございます」と続けた。

『……わたしは幸せです。幸太《こうた》くんの恋人になれて』

『俺もだよ、氷雨《ひさめ》』

ヘッドホンからは二人の甘い会話が聞こえてくる。

ライトアップされた噴水をバックに恋人たちは立っていた。幸太《こうた》が彼女に膝をつく――。

――ダメ。

クリスはコスモス畑で立ち上がった。

お嬢様、と小さく後ろで声がしたが構わない。ヘッドホンを放り捨て、クリスは駆ける。コスモスを乱暴にかき分け、靴を土で汚し、一直線に二人の元へ。

（ダメ。コータがプロポーズしちゃったら、わ、た、し、の作戦が失敗する！）

二人の表情が見える。幸太《こうた》の真剣な眼差《まなざ》しがカノジョに注がれている。イヤだ。イヤだイヤだイヤだ！　彼が他の女のものになるなんて、絶対にイヤだ――。


カツン、とクリスのヒールが石畳を打った。

広場に着いたのだ。

クリスはとびきりの笑顔を浮かべ、叫ぶ。

「コータっ！」

よく通る声が二人の世界を切り裂いた。

跪《ひざまず》く幸太《こうた》が身体《からだ》を震わせる。氷雨《ひさめ》がこっちを見た。

カツ、カツとヒールを鳴らし、クリスは堂々と二人に近付く。呼吸が速い。汗が全身に滲《にじ》む。

それでも顔には余裕の笑みを湛《たた》えたままだ。

「クリス……？」

幸太《こうた》が怪訝《けげん》な顔になる。

「もう、コータ。そんなとこにいたの？　これからわたしと旅行に行く約束でしょ。捜したんだから」

「は……？」

幸太《こうた》は状況を把握できない。当たり前だ。これは本来の作戦とは違う。

氷雨《ひさめ》が警戒を露《あらわ》にクリスを睨《にら》む。

「ウエストウッドさ――」

「ねえコータ。東城《とうじょう》さんにわたしたちの関係、知ってもらったほうがいいと思うのよね」

台詞《せりふ》をかぶせて氷雨《ひさめ》の声を打ち消す。

混乱の最中にいる幸太《こうた》の腕をクリスは抱えた。いかにも仲良しカップルみたいに身体《からだ》を寄せる。

「実はわたしたち婚約者なの。パパ同士が決めたのよ」

「おい――!?」

幸太《こうた》が狼狽《うろた》える。その態度はクリスの話の信憑性《しんぴょう》を高めるだけだ。

氷雨《ひさめ》は冷気を纏《まと》っていた。

「どういうことです……?」

「聞こえなかったかしら。コータとわたしは十年前から婚約者なの。だから二人で暮らし始めたのよ。ああ、三人暮らしって前言ったのはウソよ、ウソ」

「クリス、それは――!」

「嘘《うそ》です！　だって、わたしは――」

「嘘《うそ》じゃないっ!!」

その怒鳴り声は幸太《こうた》と氷雨《ひさめ》、両方の声をかき消した。

「わたしたちは十年前から婚約者なの！　身を引くのはそっちよ、泥棒猫！」

(譲らない。絶対に譲らない。コータは譲らない……！)

胸の内では真っ赤なマグマが滾《たぎ》っている。それはずっとクリスの内側で溜《た》め込まれ続けてきたものだ。

幸太《こうた》の腕を捉え、クリスは力の限り叫ぶ。

「コータの婚約者はわたしなのっ!!　ホオズキ、オペレーションZよ！」

突如、ざわざわと広場が騒がしくなった。来場者のサクラが大勢やってきたのだ。

彼らの一人がクリスを指さす。

「あっ、クリスちゃんだ！」

それを合図に、歓声を上げた人が雪崩のように押し寄せる。

クリスは幸太《こうた》の腕を引いた。

「逃げるわよ！　マスコミに見つかったら厄介だわ」

「は⁉　ちょっと待てよ！　氷雨《ひさめ》――」

幸太《こうた》が氷雨《ひさめ》のほうを見るが、既に彼女は群衆に呑《の》まれていた。オペレーションZはクリスのための緊急作戦だ。人ごみを使い、クリスと対象者を引き離す作戦。

スマホを向けて迫ってくる人々の壁に幸太《こうた》が圧倒される。

「いいから、こっちよ」

強引にクリスは幸太《こうた》を引っ張る。

そうして二人は人々に追い立てられるように広場を逃走した。

＊＊＊

野次馬に追いかけ回されることしばし。

遊園地の敷地《しきち》の外。誰もいない夜道を幸太《こうた》はクリスに引かれるまま走る。金色のツインテールが闇の中で揺れていた。

「……クリスっ……」

息を荒くして幸太《こうた》は呼ぶ。

それでも止まらない彼女の名を、強く呼んだ。

「クリス……！」

幸太《こうた》が立ち止まると、彼女も足を止めた。

はあ、はあ、と二人の呼吸音が夜道に響く。

辺りに人気はない。時折、車が通りすぎていくだけだ。クリス目当ての野次馬はすっかりいなくなっていた。

「どう、したんだよ……」

幸太《こうた》にはさっぱり意味がわからなかった。

氷雨《ひさめ》にプロポーズしようとした矢先、いきなりクリスが乱入してきたのだ。そして、絶対に明かしてはいけないことを暴露し始めた。

「あのままプロポーズしていれば、成功してたかもしれないのに……なんで……？」

乱れた髪でクリスは俯《うつむ》いていた。

華奢《きやしや》な肩が上下している。夜の闇を吸っては吐き、やがて虚《うつ》ろな声がした。

「……恋を、したの」

意味がわからない。

幸太《こうた》は首を振る。

「どうして俺のプロポーズを邪魔したんだ？　おまえは、ここ三週間の俺たちの苦労を、全部水の泡に——！」

「コータに恋をしたのっ」

悲痛な声が弾《はじ》けた。

闇に二人分の沈黙が落ちる。辺りの空気は水をたっぷり含んだ綿のように重く、幸太《こうた》は息苦しさすら覚えた。

「おい……冗談、だよな……？」

冗談。

そう、冗談だ！

いつも彼女は幸太《こうた》をからかうじゃないか。「冗談よ」と。今回もそうに違いない。

「今、その冗談、笑えねえから——」

「……いつわたしが冗談を言ったのよ」

震え声が幸太《こうた》の願望を打ち砕いた。

「コータと付き合いたいのも、コータと旅行したいのも、コータとキスしたいのも、全部全部、

冗談じゃない！　わたしは冗談なんか言ってないっ!!」

クリスが顔を上げる。

彼女の涙を見た瞬間、幸太《こうた》は自分の思い違いをようやく悟っていた。幸太《こうた》が初日にクリスを叱ったとき。そのときから二人は決定的にすれ違っていたのだ。

以前にも見た、この涙は。

真夏日のにわか雨のように激しく、春先に生まれた雪解け水のような純粋さで、彼女の頬を伝う――。

「本当はコータが好きだったの」

眩暈《めまい》がした。

(クリスが、俺を好き……？　何だそれ)

理解の範疇《はんちゅう》を越えている。

だって、そんなこと絶対にあってはならない。

父親同士が勝手に決めた婚約。本人たちの意思を丸無視した政略結婚。幸太《こうた》とクリスはどっちも好きな人以外と婚約させられている。そう思ったから二人で同盟を組んだのではなかったか？

「……なんで……おまえ、俺との同盟は……」

「コータ、婚約解消同盟、終わりにしよっか」

軽い口調でクリスは言った。

いつの間に持ってきていたのだろうか。クリスの手には冷蔵庫に貼っていたはずの議事録があった。


『婚約解消同盟　コータ&クリス』


「東城《とうじょう》さんへのプロポーズ、もうわたしがいなくても成功するでしょ。わたしたちが同盟を組む理由はなくなったのよ」

ビリ、と音がした。

二人で話し合った議事録がクリスの手で破かれていく。細切れになった紙は夜風に攫《さら》われ、すぐに消えていった。

「……クリス……」

「最後に一つだけ聞かせて。これは一人の女の子としての質問」

同盟者でなくなった少女は問う。

「コータ、わたしが許嫁《いいなずけ》じゃ本当にダメ？」

答えられなかった。

クリスの告白が衝撃的すぎて、幸太《こうた》の頭はまだ混乱している。

彼にとってクリスはずっと同盟者だったのだ。

意識的に恋愛対象から除いてしまっていたと言ってもいい。彼女との婚約を解消するのが大前提だったのだから。

湿っぽい風がクリスのツインテールを揺らす。彼女は祈るように幸太を見つめていた。

ぽつり、と音がした。

雨だった。いつの間にか空は黒雲に覆われていた。ぽつ、ぽつ、と水滴がクリスの頭や肩を濡《ぬ》らしていく。

「……そっか」

クリスの唇が震えた。

濡《ぬ》れた顔で、彼女は自嘲気味に微笑《ほほえ》む。

「人は全力でやったら諦められると言ったのは、誰だったかしら」

雨が少女の顔を打つ。

クリスは今まで幸太《こうた》が見たことのない、敗者の表情を浮かべていた。

「――バイバイ、コータ」

金色が翻《ひるがえ》る。

クリスは走り去っていた。その背中に声を投げようとして、思《おも》い止《とど》まる。

(呼び止めて、俺は何て言うつもりだ……?)

絡《から》まって解《ほど》けなくなった糸玉のようだ。何も出てこない。どこから手を付ければいいのかさっぱりわからない。

冷たい雨の中、幸太《こうた》は立ち尽くす。

雨足は次第に強くなり始めていた。


ぐちゃぐちゃな心と身体《からだ》を引きずり、幸太《こうた》は家に着いた。

クリスはもう家に帰っているんだろう。降りしきる雨の中、古びたアパートを見上げ、幸太《こうた》は重いため息をついた。クリスと顔を合わせるのが気まずい。

だが濡《ぬ》れた身体《からだ》のまま、ずっと外にいるわけにもいかないので、幸太《こうた》は意を決してドアを開けた。

「ただいま——⁉」

家には予想もしない光景があった。

ダイニングテーブルでテレビを観《み》ているのは、父親の徹志《てつじ》。テーブルには缶ビールが何本も並んでいる。

驚く幸太《こうた》に、徹志《てつじ》はちら、と目を向けた。

「おう、おかえり」

「親父《おやじ》……？　あれ、帰ってくるのは来週じゃ……？」

クリスの話ではそうだったはずだ。

「大富豪の道楽にいつまでも付き合ってられるか！　幸太《こうた》、明日からは地道に稼ぐぞ」

「え、海外出店の話は……？　順調じゃなかったのか？」

「順調？　んなデタラメ誰が言ったんだ？」

「デタラメだって？」

「大富豪との話し合いなんて最初から平行線だ」

ビールをぐいっと呷《あお》った徹志は、缶を握り潰す。

「海外出店はなしだ！　いくら話し合っても埒《らち》が明かん。俺はもう諦めた」

カラン、と潰れたビール缶が放られる。マジかよ、と幸太《こうた》は和室を見た。巨大なベッドが消えていた。

「クリスは……？」

「そりゃ、父親のとこに帰ったんだろ」

見れば、彼女の荷物も一つ残らずなくなっている。まるで最初からクリスはこの家に存在しなかったみたいだ。

「わかってると思うが、おまえらの婚約もなしだ。海外出店も婚約も全部忘れろ」

俺はもう寝る、と言って徹志《てつじ》はプツとテレビを消した。和室に入って、音高く襖《ふすま》を閉める。

一人キッチンに取り残され、幸太《こうた》は呆《ほう》けた。

「忘れろって……無茶苦茶だろうが」

この三週間、どれだけ幸太《こうた》たちが婚約のために動き、思い悩んできたのか。

クリスも氷雨《ひさめ》も巻き込んで、どれだけ人間関係を引《ひ》っ掻《か》き回《まわ》されたのか。

それを全部忘れろ、とは。

「何なんだよ、もおおおお——っ!!」

「うるせえぞ！」と和室から徹志《てつじ》が怒鳴る。

これだけ振り回されたのだ。一晩中叫んでもバチは当たらないだろ、と幸太《こうた》は思った。

KONNA KAWAII
IINAZUKE GA IRU NONI,
HOKA NO
KO GA SUKI NANO?

六章

『あなたしかいない』

「ぶえっくしょんっ！」

幸太《こうた》は布団《ふとん》の中で盛大なくしゃみをした。

風邪を引いた。昨日、遊園地の後、雨に濡《ぬ》れながら帰ったのがマズかったようだ。ずず、と鼻をかみ、幸太《こうた》は寝返りを打った。西日がベランダから射《さ》し込んでくる。一人きりの室内が黄昏色《たそがれいろ》に染まっていた。

学校は欠席した。

行きたくなかったから、ちょうどよかった。

教室に行けば隣にクリスがいる。昨日あんな形で告白されて、どんな顔をすればいいのか、何を言えばいいのか、一晩寝ても幸太《こうた》には答えが出せなかった。

睡眠時間は足りてるから、布団《ふとん》に入っていても眠れない。

「冗談よ」と言ったクリスが次々と頭に浮かんでは消えていく。

何度も彼女はそう言った。

その度に彼女は笑っていた。

笑っていると幸太《こうた》は思っていた。

（なんで俺は気付かなかったんだろうな……）

彼女の隠していた表情を。震えていた声を。滲《にじ》んでいた涙を。

あれだけ一緒にいたのに、幸太《こうた》はクリスの気持ちを何一つわかっていなかったのだ。

（そんなことってあるかよ……あいつは俺のことをすべてお見通しだったってのに）

『本当はコータが好きだったの』

だったらなんで同盟を組んだ？　幸太《こうた》のプロポーズを応援したら、クリスが苦しくなるだけだ。なんで自分の気持ちを殺してまで同盟者やってたんだ――？

……わからない。

頭がぼーっとする。熱があるからだろう。

ただクリスの表情が、台詞《せりふ》が、仕草が、グルグルと回って離れない。彼女と過ごした時間が延々と思い起こされる。

ピンポーン。

ドアベルが鳴った。

幸太《こうた》は布団《ふとん》から動かなかった。怠《だる》いのだ。立ち上がる気力もない。頼むから放っておいてほしかった。

だが、どうやら相手にそのつもりはないらしい。

ドアベルが二度、三度と押され、ドアまでノックされ始めた。まるで居留守がわかっているような執拗《しつよう》さだ。

(何だ？　借金取りか……？)

幸太《こうた》は重い身体《からだ》を起こし、そっと覗《のぞ》き穴を見た。

大和撫子《やまとなでしこ》がいた。

「ちょ⁉」

思わず声を上げてしまった。なんで氷雨《ひさめ》が⁉　とビビる。幸太《こうた》はドアを開けた。

現れた幸太《こうた》に、制服姿の氷雨《ひさめ》は感情の見えない目を向けた。

「お加減はいかがですか？」

「えーっと、氷雨《ひさめ》……どうして……？」

「風邪を引いたと聞きました」

担任から聞き出したのだろう。氷雨《ひさめ》はずい、と身を乗り出す。

「お渡しするプリントがあるので、お家《うち》に上がっても構いませんか？」

疑問形ではあったが、有無を言わせない語調だった。

「あーなんか、気を遣わせてごめん……」

幸太《こうた》は布団《ふとん》の中からキッチンを見た。

そこにはエプロン姿で台所に立つ氷雨《ひさめ》がいる。

「病人は寝ておくものです。お構いなく」

鍋をかき回しながら氷雨《ひさめ》は淡々と言った。

幸太《こうた》が朝から何も食べていないと言ったら、お粥《かゆ》を作ると氷雨《ひさめ》が言い始めたのだ。

カノジョに看病してもらうなんて心躍るシチュエーションのはずなのに、幸太《こうた》はまったく浮かれていなかった。そのことに自分で少し驚く。

「あのさ、氷雨《ひさめ》。昨日はデート、中途半端《ちゅうとはんぱ》に終わっちゃってごめん」

「いえ……」

「今日、学校でクリスと話したか？」

氷雨《ひさめ》の鍋をかき混ぜる手が止まった。

「……ウエストウッドさんはアメリカに帰るそうですよ」

「え？」

「なんでも彼女は親の仕事の都合で日本に来ていたそうですね」

「あ、ああ……」

「今夜には日本を発《た》つと教室で言っていました」

親の仕事とは、海外出店の件だ。

それがなくなったことで幸太《こうた》たちの婚約もなくなり、クリスはアメリカに帰ることになった。自然な流れだ。

(ということは、俺はもうクリスに会えないのか……)

幸太《こうた》とクリスの婚約は解消された。クリスが幸太《こうた》に会う理由はない。

ダメ押しをされたみたいだった。二度と彼女に会う機会すら与えられない。

「お待たせしました」

氷雨《ひさめ》がお粥《かゆ》を運んできてくれる。

病人に配慮したシンプルな玉子粥《たまごがゆ》だ。幸太《こうた》は「ありがとう」と言って、一口それを啜《すす》った。

「んん……!?」

ヘンな声が出た。

(甘い……果てしなく甘い……)

忘れていた。氷雨《ひさめ》は味覚音痴なんだった。

あまり食べると気持ち悪くなりそうだったので、幸太《こうた》は数口で断念した。

「お口に合いませんでしたか？」

「や、食欲がなくて……」

「甘いチャーシューを作った幸太《こうた》くんなら大丈夫かと思ったのですが……」

目を伏せる氷雨《ひさめ》に、幸太《こうた》は慌てて言う。

「ほんとに食欲がないだけだから！　このお粥《かゆ》は後で食べるし！」

「幸太《こうた》くん、以前、お家《うち》デートしたときとはお部屋が全然違いますね」

「あ……」

「これならわたしの部屋のほうが綺麗《きれい》です」

幸太《こうた》は身体《からだ》を縮こまらせた。クリスがいなくなって、メッキが剝がれていくみたいだった。

そこで気付く。

（そうか、もう氷雨《ひさめ》にプロポーズする必要もなくなったのか）

本当に好きな人にプロポーズして、親が決めた婚約を解消させよう。それが幸太《こうた》とクリスの出発地点だった。

不本意な婚約がないなら、氷雨《ひさめ》にプロポーズする意義も失われる。

そこまで考え、幸太《こうた》はとんでもないことに思い至った。

（待てよ。クリスは海外出店が白紙になるって知ってたんじゃないか？）

昨夜、徹志《てつじ》は言った。大富豪との話し合いは初めから平行線だった、と。

クリスは幸太《こうた》に『海外出店は極めて順調』と嘘《うそ》をついたのだ。海外出店がなくなるのをクリスは知っていて、幸太《こうた》に隠していた。

隠した理由は、やはり同盟を存続させるためだろう。海外出店が白紙になるなら、幸太《こうた》たちの同盟は無意味だ。婚約を解消したいなら、幸太《こうた》たちは何もせず待てばよかったのだ。

では、嘘《うそ》をついてまで同盟を組みたかった理由は――？

「幸太《こうた》くん」

氷雨《ひさめ》が厳しい目をしていた。

「わたしはまだ、あなたから謝罪を受けていません」

「え、っと、何についての謝罪……？」

「ウエストウッドさんと二人暮らししていたのは本当ですか？」

それか！　と幸太《こうた》は内心で頭を抱える。

フォローしてくれるクリスはもういない。幸太《こうた》は観念した。

「はい……本当です」

氷雨《ひさめ》が小さく息をついた。

「で、でも、誓って何もない！　クリスとは本当に同盟者で――」

「同盟者とは何ですか？」

――同盟者とは何か。

根源的な問いに、幸太《こうた》は一瞬、言葉に詰まった。

「同盟者は……同じ目標を掲げる同志だ。困ったときはいつも助けてくれて、何でも相談できて、必ず俺を正しい方向に導いてくれる。誰より信頼できて、励ましてくれて、傍《そば》で応援してくれる――」

ああ、と思った。

わかってしまった、どうしてクリスが同盟を組んだのか。

（あいつは俺の一番近くにいたかったのか……）

たとえ自分の恋心を打ち明けられなくても。クリスは好きな人の傍《そば》にいたかった。

クリス自身が言っていたじゃないか。

『とにかく、仲良くなるには会話するのが基本！』

同盟がなければ、幸太《こうた》はクリスとあんなに話さなかった。同盟者だから、幸太《こうた》はクリスにいろいろ相談したし、頼りもした。すべてはクリスが同盟者だったから――。

布団《ふとん》の一点を見つめたまま幸太《こうた》は黙してしまっていた。

冷たい目で氷雨《ひさめ》は言う。

「あなたに嘘《うそ》をつかれていたのはショックでした」

「……すみませんでした」

「今後は軽率な言動は慎んでください。あなたはわたしの……こ……こ……婚約者、なんですから……」

換気扇にかき消されそうな声。

『婚約者』。

これまで何度もその単語を聞いていなければ、きっと聞き逃していただろう。

(そうだ。すべてはその言葉から始まったのだ。クリスが俺の婚約者として現れたことで俺たちは——んんっ⁉)

「は?」

幸太《こうた》の横で、氷雨《ひさめ》は恥ずかしそうに両手で顔を隠していた。指の隙間から赤くなった頬が見える。

「……今、聞き間違いかと思う単語が聞こえたんだが」

「な、何でもありませんっ」

「何でもなくないよ! 今、婚約者って言わなかった⁉」

はい……、と氷雨《ひさめ》は照れた様子だ。待ってくれ。頭の整理が追いつかない。

「氷雨《ひさめ》、ちょっと確認したいんだけど」と幸太《こうた》は唾を飲み込む。

「誰が誰の婚約者だって……?」

「幸太《こうた》くんが、わたしの……こ、婚約者、ですよ……?」

「ちょ、それもしかして、その、幼稚園のときの話をしてる? 俺がラーメン屋さんごっこでお嫁さん役にしたとか」

いいえ、と氷雨《ひさめ》は首を振った。

「わたしの母と幸太《こうた》くんのお母様が交わした約束です」

（何だって……？）

「うちの母親、俺が小学生になった頃に他界してますが……？」

「ですから、生前、わたしたちがまだ五歳のときに婚約したのです。十年前のことです。わたしたちが婚約することで、母方の祖父が持っている不動産、現在の豪山寺《ごうざんじ》ラーメン店の物件を格安で貸すと契約を交わしました」

絶句した。

（待て待て、うちの両親、息子の結婚を商売に使いすぎだろ！）

父親に続いて母親まで。二人の持ってきた婚約が見事にバッティングしているんだが、これは一体、どうするつもりだったのか。

氷雨《ひさめ》はぱちぱちと瞬《またた》きをしていた。

「もしや、幸太《こうた》くんはわたしたちの婚約を知らなかったのですか？」

「初耳だよ……」

「そう、ですか。わたしはてっきり、婚約してるので幸太《こうた》くんが告白してきたものと思っていました」

はっとする。

（だから氷雨《ひさめ》は俺の告白を受けてくれたのか！）

校内一の高嶺《たかね》の花がどうして自分の告白にＯＫしてくれたのか疑問に思っていた。謎が解けた。奇跡が起きたのではなく、婚約者だから氷雨《ひさめ》は幸太《こうた》と付き合ってくれたのだ。

（つまり、氷雨《ひさめ》は俺に好意があるわけじゃない……？）

付き合ってくれたからには、氷雨《ひさめ》は幸太《こうた》に多少なりとも好意を抱いている。その前提が根底から覆《くつがえ》された。

将来、幸太《こうた》と結婚するから、彼女は幸太《こうた》と付き合っていたのだ。

そう考えればすべての辻褄《つじつま》が合う。

哀《かな》しいことに合ってしまうのだ。

氷雨《ひさめ》が名前で呼び合おうと言ったのも、お家《うち》デートをしたがったのも、ラーメン屋に入ろうとしたのも、結婚を意識していたからだった。

「恋人になれて幸せだ」も意味合いが違ってくる。結婚前に親睦を深められてよかった。それが彼女の真意なのだろう。

はは、と幸太《こうた》の口から力ない笑いが洩《も》れた。

「幸太《こうた》くん……？」

氷雨《ひさめ》が怪訝《けげん》な声を出す。

（そっかあ……そういうことかあ……氷雨《ひさめ》が自分の意思で、交際ＯＫしてくれたんじゃなかったのかあ……）

苦い感慨に浸った後、幸太《こうた》はぐっと気持ちを押し込めた。

布団《ふとん》を出て正座をする。氷雨《ひさめ》の前で両手をついた。

「俺と別れてください」

土下座する幸太《こうた》に、氷雨《ひさめ》の表情は見えない。

換気扇の回る音だけが聞こえる。

しばしして、「……へ？」と呆《ほう》けた声が降ってきた。

「俺は氷雨《ひさめ》と婚約してるって知らなかったんだ。知らずに告白して、交際を強要するような真《ま》似《ね》をして申し訳なく思っている」

「強要だなんて、わたしは……！」

「いや、強要だろ。婚約者だから付き合わないといけないと思ったんだろ。どうして氷雨《ひさめ》が俺と付き合ってくれたのかずっと不思議だったんだ」

「わ、わたしはっ、幸太《こうた》くんのことが、す……す……す……！」

頭から湯気を噴き、氷雨《ひさめ》は口ごもっている。顔を真っ赤にして、必死に何かを訴えようとしているようだが――。

たとえここで「好き」だと言われたところで、残念だが信じられない。許嫁《いいなずけ》だから、と氷《ひ》雨《さめ》が我慢している可能性を幸太は否定できないのだ。

「無理しなくていい。氷雨《ひさめ》の事情はわかったからさ。俺たちはただのクラスメートに戻ろう」

氷雨《ひさめ》の顔がすっと青白くなった。

虚《うつ》ろな表情で、彼女は平坦《へいたん》な声を出す。

「……何故《なぜ》です？　婚約者なら、別れたとしてもいずれ——」

「氷雨《ひさめ》、おまえは親に婚約者を決められて納得できるのか？」

ぴたりと氷雨《ひさめ》が言葉を止めた。

幸太《こうた》は拳を握ってゆらりと立ち上がる。表情は真剣そのものだ。

「普通は好きな人と結ばれたいもんだろ。それを親に決められておまえは大人しく従うというのか？　俺は御免だぞ」

なんと、氷雨《ひさめ》も親同士が勝手に決めた婚約者だった。どうやら氷雨《ひさめ》はそれを受け入れ、幸太《こうた》と仕方なく付き合っていたらしい。

だが、幸太《こうた》はそれを断じて認めない。

「幸太《こうた》くん、わたしは——」

「よく考えてくれ、氷雨《ひさめ》！　本当に好きな人ができたとき、婚約者がいたら必ず後悔するぞ。氷雨《ひさめ》が後悔するとわかってて、俺は婚約なんかできない！　俺は氷雨《ひさめ》にも幸せになってもらいたいんだ」

クリスのときに一度やった展開だ。幸太《こうた》は淀《よど》みなく語る。

「だから俺はおまえとの婚約を解消しようと思う。親が決めた婚約だから解消できない。おまえはそう思ってるんだろ？　違うんだ。俺たちの間違った婚約は解消できる。俺はその方法を知っている！」

こうしてはいられないと幸太《こうた》はパジャマを脱いだ。氷雨《ひさめ》の顔が火照《ほて》る。

「こ、幸太《こうた》くん⁉」

「氷雨《ひさめ》、待っててくれ」

幸太《こうた》はがしっと彼女の肩を掴《つか》んだ。目を丸くする氷雨《ひさめ》に、幸太《こうた》は力強く告げる。

「俺たちは全員、幸せになれる。俺に任せてくれ」

超特急で着替えた幸太《こうた》は家を飛び出した。

後ろで氷雨《ひさめ》の声がしたが、彼は振り返らなかった。

◆◆◆

「ふんふんふ〜〜ん♪」

ホテルのスイートルーム。広々とした浴室にクリスの鼻唄が反響する。

泡だらけの浴槽に浸《つ》かり、少女は学校で付いた埃《ほこり》や汗を落とす。これから起こる一大イベントには特に綺麗《きれい》な身体《からだ》で臨みたかった。

ふと、すりガラスに黒い人影が映る。

「……報告いたします。豪山寺《ごうざんじ》幸太《こうた》が家を飛び出しました」

喜色を滲《にじ》ませ、クリスはザバっと浴槽から上がった。抜群の肢体から石鹼《せっけん》の泡が滑り落ちる。

「想定通りだわ」

「コータの目的地は？」

「……おそらく最寄り駅かと。空港行きの特急列車に乗るものと思われます」

「そうよ、それで合ってるわ、コータ！　わたしが用意した舞台に真《ま》っ直《す》ぐ来るのよ！」

シャワーで泡を流したクリスは浴室を出る。ホオズキがバスタオルを差し出した。

「舞台のセットは完璧でしょうね？」

「……無論、お嬢様の指示通りです。ですが、空港内の豪山寺《ごうざんじ》幸太《こうた》の通り道にレッドカーペットを敷いておくのはいささかやりすぎかと」

やりすぎ？　とクリスは眉を持ち上げた。

「一生に一度しかないプロポーズなのよ。やりすぎなんてないわ」

幸太《こうた》は何のために家を飛び出したのか――クリスにプロポーズするためである。

それ以外ありえない。

「東城《とうじょう》氷雨《ひさめ》の婚約者がコータと知ったときは、わたしの負けかと思ってひやひやしたけど、運命はわたしに味方したわ」

幸太《こうた》が氷雨《ひさめ》に全力でプロポーズし、断られる。そうして失恋した幸太《こうた》をクリスが慰める――

それが当初のクリスの作戦だった。

ところが氷雨《ひさめ》は幸太《こうた》と婚約していた。なら、彼女が幸太《こうた》のプロポーズを断るはずがない。

それでクリスは遊園地でプロポーズに乱入したのだ。

「まさか彼女も、わたしと同じ『親が決めた婚約者』だったとはね。コータは疑心暗鬼になって彼女の気持ちを受け入れられないわ」

ホオズキに髪を乾かしてもらいながら、クリスは口元を歪《ゆが》める。

幸太《こうた》は優しい。親が勝手に決めた婚約者を絶対に認めない。

氷雨《ひさめ》が婚約者だと幸太《こうた》が知れば、クリスのときと同じやり取りが繰り返される。親が決めた婚約を解消しよう！　という流れだ。

「婚約を解消するにはどうしたらいいか？　その答えは、『別に婚約者を作る』よ」

クリスとの婚約を解消するのに、幸太《こうた》は氷雨《ひさめ》へプロポーズしようとした。

では、氷雨《ひさめ》との婚約を解消するためなら――？

「今まで一番近くで彼を支えてきたのは、わたし！　しかも、わたしは既に彼に想《おも》いを伝えている。コータがわたしへのプロポーズを躊躇《ためら》う理由なんてどこにもないのよ！」

完璧だわ、とクリスは陶然と呟《つぶや》く。

我ながらなんて隙のない作戦。まるで運命に導かれるような帰結に鳥肌が立つ。

「さあ、ドレスを出して。最高に華やかな恰好《かっこう》で行かないと」

「……豪山寺《ごうざんじ》幸太《こうた》は制服で向かっているようですが」

クリスは頬を膨らませた。

「制服でいいわよっ」

＊＊＊

特急列車で空港に着いた幸太《こうた》は、クリスのSNSに載っている画像と見比べた。間違いない。クリスはこの空港にいる。

クリスの飛行機が何時かわからないが、わかっていることはある。超セレブのあいつはプライベートジェットに乗るということだ。

空港に入ってすぐ、『プライベートジェットはこちら』という立札が目に付いた。

そこには真っ赤な絨毯《じゅうたん》が引かれて通路みたいになっている。これを進めばいいのか、と幸《こう》太《た》は迷わず絨毯《じゅうたん》の上を走り出した。

大事なものは失ってから初めて気付くという。

幸太《こうた》にとって、クリスはまさにそんな感じだった。

いかに自分がクリスを想《おも》っていたか、彼女がいなくなってから理解したのだ。

（いや、まだ失ったわけじゃない――！）

幸太《こうた》は歯を食い縛り、レッドカーペットの階段を駆け上がる。

クリスはきっと自分を待ってくれている。そんな予感がするのだ。都合のいい解釈だと笑われるかもしれない。現実はそう上手《うま》くいかないものだ。

けれど、幸太《こうた》は賭けたかった。

他でもない、クリスと自分の運命に――。

不意に開《ひら》けたスペースに出た。

高い天井に、半円型の大きな窓。教会のようにどこか荘厳《そうごん》な空気が漂っている。窓には薄青い夕焼けに海という絶景が広がっていた。

赤い絨毯《じゅうたん》の終点で金髪の少女は窓を眺めている。

「……クリス」

制服のスカートを揺らし、彼女が振り向いた。

その顔を見た途端、幸太《こうた》の胸に安堵《あんど》が溢《あふ》れた。間に合った。もしかしたら二度と会えなかったかもしれないのに。

ほっとして、つい恨み言が出た。

「この嘘《うそ》つきが」

ふっとクリスが可笑《おか》しそうに笑う。

「嘘《うそ》つきって何のことかしら」

「バレてるんだよ。海外出店の話は最初から順調じゃなかった。婚約解消同盟はおまえと俺が仲良くなるための茶番だったんだろ」

彼女は悪びれもせず小首を傾《かし》げる。

「あら、それだけ？」

「『冗談よ』も嘘《うそ》だ。俺に気持ちを悟られないよう、からかって誤魔化《ごまか》してただけだ！」

「気付くのが遅いわ」

「何が『わたしは同盟者』だ。本当は俺と氷雨《ひさめ》をくっ付けるプロポーズ作戦に鬱憤が溜《た》まってたんだろ。じゃなきゃ、噴水前であんな爆発するもんか！」

「はあ、コータは文句を言いに来たのかしら」

「――もう強がらないでくれ、クリス」

クリスの表情が固まった。

「俺はおまえと共闘してるつもりだったんだよ。俺もおまえも幸せになれると思って、同盟を組んでた。それなのに、おまえだけは本心を隠して、一人で辛《つら》い思いをしていたなんて、そりゃないぜ。俺は不甲斐《ふがい》ない」

ショックでもあった。

知らない間に幸太《こうた》はクリスを傷付けていたのだ。

クリスの気持ちを知っていたら、同盟なんて組まなかった。

そんな幸太《こうた》の性格をお見通しだから、クリスは自分の恋心を隠したのだろうが――。

「はっきり言う。俺はおまえといて楽しかった！」

っ、とクリスが口元に手を当てた。

「出会ったときは、絶対に気が合わない超セレブ女だと思った。だが三週間、一緒にいて、俺の考えは変わった。俺はおまえを誰よりも信頼してるし、傍《そば》にいてほしいと思う。もしまだ俺に愛想《あいそ》を尽かしていないなら、一番近くで俺を支えてほしい！」

「コータ……」

クリスは感極まって涙ぐんでいた。

「おまえの気持ちに気付けなくて悪かった。その代わり、おまえも今後、『嘘《うそ》』はなしだ。いいか、俺たちの関係はあくまで対等だ。おまえだけが我慢したり、痛みを背負うのはもうやめてくれ。最初に言ったろ、俺はおまえも幸せにしたいんだ」

顔をくしゃくしゃにして、彼女は幾度も頷《うなず》く。

頃合いだ、と思った。クリスも嘘《うそ》をついたのを反省しているみたいだし、これで幸太《こうた》は彼女に申し出ることができる。

幸太《こうた》は膝をついた。

カバンから一輪の真っ赤な薔薇《ばら》を出す。『あなたしかいない』。彼女に気持ちを伝えるのに、これ以上ぴったりな花はないだろう。

頬を染めるクリスに幸太《こうた》は告げた。

「――クリス、俺の同盟者になってくれ！」

広間に静寂が満ちた。

とても長く、時間が停《と》まったのかと思うような静寂だった。

レッドカーペットの上でクリスが口を開ける。目に溜《た》まっていた涙はすっかり消え、頬の紅潮は完全に引いていた。

「は？」

「ど、同盟、者……⁉」

「ああ、どうやら氷雨《ひさめ》と俺は婚約者だったらしい。母親同士が決めたんだと。俺は今度、氷雨《ひさめ》との婚約を解消しないといけない」

言いながら幸太《こうた》はメモ用紙を出す。

新たに書いた『婚約解消同盟　幸太《こうた》＆クリス』の文字。

「おまえの作戦はいつも的確だった。怖いくらいに俺の言動を読み、俺が間違える前に軌道修正してくれる。他にも超能力みたいに人を追い払ったり、氷雨《ひさめ》の情報を詳しく知っていたり、本当に感謝してるんだ。俺の同盟者になれるのはきっと、おまえしかいない」

他に一体、誰がここまでできるだろう。

幸太《こうた》を導けるのはクリスしかいないのだ。

「俺とおまえなら、絶対に氷雨《ひさめ》との婚約を解消できる。頼む、クリス。俺ともう一回、婚約解消同盟を結んでくれ！」

神に供物《くもつ》を捧《ささ》げるように、幸太《こうた》はプリザーブドフラワーを差し出している。

ゴオオォォォ、と飛行機のエンジン音が遠ざかっていった。

教会を思わせる荘厳《そうごん》な広間でクリスは天を仰ぐ。ぴくぴくとこめかみを震わせ、彼女は力の限り叫んだ。

「バカああああああああっ!!」

幸太《こうた》の手から乱暴に薔薇《ばら》が取られる。

それは婚約解消同盟が再結成された証《あかし》だった。

エピローグ

EPILOGUE

KONNA KAWAII IINAZUKE GA IRU NONI, HOKA NO KO GA SUKI NANO?

「クリスちゃん、今日ファミレス行かない？」

「新しいスイーツのお店に行こうよー」

「みんなでカラオケ行くんだけど、クリスちゃんもどうかなって」

放課後。クリスの周囲は毎度のことながら騒がしい。皆そんなに芸能人が気になるものだろうか。

団子みたいに固まっている集団をしり目に、幸太《こうた》が教室を出ようとしたとき、

「ごめーん、今日はコータと帰る約束なんだ！」

はっ⁉　と思った。

同時に、がしっと腕を抱えられる。幸太《こうた》の腕にくっ付いたクリスは、クラスメートに笑顔で手を振った。

「バイバーイ」

「おいっ、おまえ……！」

「行こ、コータ」

ぐいぐいと引かれて幸太《こうた》は教室を出る。後ろを振り向く勇気はない。しーん、としていた教

室は、幸太《こうた》たちが廊下に出た途端、爆発したみたいに大騒ぎになった。

幸太《こうた》たちは逃げるように昇降口まで走る。

「おおおおい、クリス！　何をやらかしてくれたんだよ……！」

「ん？　何か問題あった？」

「大ありだろ！　今の、ぜってー噂《うわさ》になるぞ！　どうするんだよ」

「噂《うわさ》になったらダメなの？」

クリスは唇を尖《とが》らせた。

「いいじゃない。どうせコータは今フリーでしょ」

氷雨《ひさめ》とは別れた、とクリスには告げていた。仮にクリスと幸太《こうた》にそういう噂《うわさ》が立っても、支障はないことになる。

「いやいや問題ならあるだろ。根も葉もない噂《うわさ》なんてロクなもんじゃないぞ」

「だったら根も葉もつければいいじゃない」

クリスは幸太《こうた》の袖をぎゅっと握った。

「ねえ、わたしとのこと、ちゃんと考えてくれた？」

言葉に詰まる。

幸太《こうた》が空港までクリスを追いかけたことで、二人は再び同盟を結び、クリスは同盟のために日本に残ってくれることになった。

だが、同盟者になるのと、恋人になるのは別の話だ。

「……俺は、おまえを同盟者として頼りにしてるし、傍《そば》にいてほしいと思う。だけどな、それと交際は――」

「冗談よ」

「なっ！」

クリスの「冗談よ」ほど信じられないものはない。

目を剝《む》いた幸太《こうた》に、クリスはくつくつと笑う。

「今すぐに答えなくていいから。ちゃんと見て考えて、わたしのこと」

囁《ささや》いたクリスは幸太《こうた》の腕を放した。昇降口に向かう彼女の動きに合わせ、ツインテールが躍っている。幸太《こうた》は思わず目を細めていた。

――『好き』とは一体、何なのだろうか。

哲学的なことを考えてしまうくらい幸太《こうた》は戸惑っていた。

婚約にまつわる騒動でいろいろなことがありすぎた。

好きな人と結ばれたい。その信念は変わっていない。これからも変わることはないだろう。

だが、肝心の「好きな人」の部分でグラついている状況だ。

（ただ一つ言えるのは――）

眉間を揉《も》んだ幸太《こうた》は目を開けた。

前を歩く少女の、キラキラとした金髪がひどく眩《まぶ》しい。

（世界は今日も輝いて見えるんだよなあ……）

好きな人ができて、世界が見違えるほど鮮やかになったのを幸太《こうた》は知っている。だけど、好きな人はいなくなったはずなのに、彼の目に映る世界は変わらない。

クリスの背をじっと見つめていると、急に彼女が振り向いた。

「で、今度は東城《とうじょう》さんとの婚約を解消したいんでしょ？」

「あ、ああ」

「だったら、またコータが他に婚約者を作ればいいのよ。そうじゃない？」

すり寄ってきたクリスは思わせぶりに言う。

「コータの婚約者になれそうな子、近くにいると思うんだけどなあ」


「――そんなわけないでしょう」


冷え切った声がした。

幸太《こうた》たちが振り向くと、そこには白い冷気を纏《まと》った氷雨《ひさめ》がいた。

「何故《なぜ》、自分で相手を見つければ、親が決めた婚約を解消できるのです？　新たな婚約が増えるだけで、何の解決にもなっていません」

ちっと小さくクリスが舌打ちをした。

幸太《こうた》は視線を彷徨《さまよ》わせる。

「え、あ、氷雨《ひさめ》……」

彼女と話すのは、家で別れを切り出して以来だった。

元カノにどう接したらよいものか、幸太《こうた》はわからない。

「あの、必ず婚約は解消するから、待っててくれ。クリスと二人で絶対に解消してみせるから……！」

「――」

氷雨《ひさめ》が何かを言いたげに口を開いた。眉を寄せ、「……ぅう……」と唸《うな》った後、結局彼女は何も言わず、思い詰めた顔で俯《うつむ》いてしまう。

ぷ、とクリスが口元に手を当てた。

「……言っておきますが、幸太《こうた》くん」

氷雨《ひさめ》はギロと幸太《こうた》を睨《にら》む。

「豪山寺《ごうざんじ》ラーメン店の現在の店舗はうちが格安で貸しています。婚約が反故《ほご》になれば、正規の価格になるのをお忘れなく」

「気にしないでいいわよ、コータ。もしそうなったら、同盟者のわたしが資金援助してあげるから」

「お黙りなさい《シャラアアーップ》、女狐《ヴイクセン》っ！」

「失せなさい《ゴー・トゥー・ヘル》、泥棒猫《スリンキング・キャット》！」

英語で罵り合いを始めてしまった氷雨《ひさめ》とクリス。

かたや学校一の天才。かたや大富豪の芸能人。二人の喧嘩《けんか》は人目を集める。

凡人の幸太《こうた》がそろそろと退散しようとしたときだった。

「あれ、コーくん？」

職員室のほうから声がした。

転入生なのだろうか、私服姿のポニーテール少女がこっちを見ていた。

幸太《こうた》を認めるなり、彼女はぱっと目を輝かせる。

「やっぱコーくんだー！」

長いポニーテールをなびかせ、彼女は一直線に幸太《こうた》へ駆け寄る。動けない幸太《こうた》に、彼女は勢いよく抱きついた。

「「なっ——!?」」

クリスと氷雨《ひさめ》が殺気立つ。幸太《こうた》は「へ……？」と目を丸くしていた。

「コーくん、わたし帰ってきたよ。約束通りコーくんのお嫁さんになるために」

見知らぬ少女は嬉《うれ》しそうに言っている。何が何だかわからない幸太《こうた》の横で、クリスと氷雨《ひさめ》の声がした。

「JK陶芸家のニア・キタオオジじゃない。コータの知り合い？」

「北大路《きたおおじ》二愛《にあ》、聞いたことがあります。いくつも陶芸の賞を受賞し、様々なメディアに出ていますね」

知らない。陶芸家の知り合いなんていない。彼女の名前自体、初めて聞いた。

だが、目の前で喜んでいる女子に、それを言うのは憚《はばか》られる。

二愛《にあ》は幸太《こうた》を覗《のぞ》き込んだ。

「あれ、コーくん、反応薄い？　十年前、コーくんわたしに言ったよね。『ずっと一緒にラーメンを作ってほしい』って」

あっ、と声が出た。

甦《よみがえ》るのは、幼稚園で交わした約束。

ラーメン屋さんごっこの「お嫁さん役」。

「そのためにわたし十年間、陶芸家としてずっと修業してきたんだ。コーくんのラーメンどんぶりを作るためだよ。いっぱい賞ももらって、個人の窯《かま》も近くに作ったんだ」

だからね、と二愛《にあ》は幸太《こうた》に笑いかける。

「いつでもケッコンできるよ、コーくん」

「ああああああああああああ――――っっっ!!」

幸太《こうた》は叫んだ。叫ぶしかなかった。頭を抱えた彼を女子三人が取り囲む。

「コーくん？」

「幸太《こうた》くん！」

「コータ!?」

「もう許嫁《いいなずけ》は勘弁してくれ！」

あとがき

前作からほぼ一年の間が空きました。

その間、何をしていたのかというと、ずっとこの作品を練っていました。最初にこの企画の原型となるプロットを出したのが、去年の夏です。去年の秋には一章を書き上げたのですが、ボツ。もう一回修正してもボツ。また最初から書き直してもダメ……五回リテイクしてやっと一章にオーケーが出ました。それからさらにキャラを練り直したり、最後まで書いた後も章を丸ごと書きかえたりしたので、たぶんボツ原稿だけでもう一冊、本ができるでしょう。……長かった！

手間はめちゃくちゃかかっていますが、本作は軽く読めるラブコメです。本当に純粋なラブコメです。実は主人公が……なんて展開はありません。前作『時間泥棒ちゃんはドキドキさせたい』が穿《うが》ったラブコメ、ラブコメの皮をかぶった現代ファンタジーだったのに対し、今作は普通のラブコメです。穿《うが》った作品を期待していた方がいたらごめんなさい。次にご期待ください。

いつもあとがきを書くときは発売日より二か月以上前なのですが、それだと表紙のラフくらいしか見てないので、あまりイラストについて触れられないんですよ。ところが急遽《きゅうきょ》ページ数が変わった関係で、発売一か月を切っている現在これを書いています。つまり表紙も口絵も完成したものを見て語れるわけです。

個人的にイチオシは、クリスがベッドにいる口絵です。作者特権でここはイラストにしてくださいとお願いしました。見ていただければわかると思いますが、くびれた腰の曲線、スカートから覗《のぞ》く肉感のある太腿《ふともも》が大変素晴らしいです。ちなみにクリスの太腿《ふともも》が堪能《たんのう》できるのはここだけです。（本当は表紙のイラストにもこの眩《まぶ》しい太腿《ふともも》はチラリと描かれていたのですが、カットされてしまいました……）そして、注目していただきたいのが表情。笑っているのか、泣いているのか。この絶妙な表情が、本編を読んだ後ならきっと沁《し》みるはずです。

以下、謝辞となります。

担当編集の村上さん、黒川さんには大変ご尽力いただきました。リテイクしている間はどうなることかと思いましたが、お二人のおかげで本作が出ます。

また、美麗なイラストを描いてくださった黒兎《くろと》ゆう先生。イラストが送られてくる度に「最高です!!」しか言えない人になっていました。クリスも氷雨《ひさめ》も想像以上の可愛《かわい》さで、本当に感激しています。

そして最後に、この本を手に取ってくださったすべての方に最大級の感謝を。ありがとうございました。

ミサキナギ

◉ミサキナギ著作リスト

「リベリオ・マキナ ―《白檀式》水無月の再起動―」（電撃文庫）
「リベリオ・マキナ2 ―《白檀式》文月の嫉妬心―」（同）
「リベリオ・マキナ3 ―《白檀式改》桜花の到達点―」（同）
「リベリオ・マキナ4 ―《白檀式改》紫陽花の永遠性―」（同）
「時間泥棒ちゃんはドキドキさせたい 俺の夏休みをかけた恋愛心理戦」（同）
「こんな可愛い許嫁がいるのに、他の子が好きなの？」（同）

本書に対するご意見、ご感想をお寄せください。

ファンレターあて先
〒 102-8177　東京都千代田区富士見 2-13-3
電撃文庫編集部
「ミサキナギ先生」係
「黒兎ゆう先生」係

本書は書き下ろしです。

電撃文庫

こんな可愛《かわい》い許嫁《いいなずけ》がいるのに、他《ほか》の子《こ》が好きなの？

ミサキナギ

2021年11月10日　初版発行

発行者　青柳昌行
発行　株式会社KADOKAWA
〒102-8177　東京都千代田区富士見2-13-3
0570-002-301（ナビダイヤル）
装丁者　荻窪裕司（META＋MANIERA）
印刷　株式会社暁印刷
製本　株式会社暁印刷

ISBN978-4-04-914099-6　C0193　Printed in Japan

電撃文庫　https://dengekibunko.jp/

電撃文庫創刊に際して

文庫は、我が国にとどまらず、世界の書籍の流れのなかで〝小さな巨人〟としての地位を築いてきた。古今東西の名著を、廉価で手に入りやすい形で提供してきたからこそ、人は文庫を自分の師として、また青春の想い出として、語りついできたのである。

その源を、文化的にはドイツのレクラム文庫に求めるにせよ、規模の上でイギリスのペンギンブックスに求めるにせよ、いま文庫は知識人の層の多様化に従って、ますますその意義を大きくしていると言ってよい。

文庫出版の意味するものは、激動の現代のみならず将来にわたって、大きくなることはあっても、小さくなることはないだろう。

「電撃文庫」は、そのように多様化した対象に応え、歴史に耐えうる作品を収録するのはもちろん、新しい世紀を迎えるにあたって、既成の枠をこえる新鮮で強烈なアイ・オープナーたりたい。

その特異さ故に、この存在は、かつて文庫がはじめて出版世界に登場したときと、同じ戸惑いを読書人に与えるかもしれない。

しかし、〈Changing Times,Changing Publishing〉時代は変わって、出版も変わる。時を重ねるなかで、精神の糧として、心の一隅を占めるものとして、次なる文化の担い手の若者たちに確かな評価を得られると信じて、ここに「電撃文庫」を出版する。

1993年6月10日
角川歴彦